Aisle & Zes
「騎士団長のお抱え料理人」

騎士団長のお抱え料理人

稲月しん

キャラ文庫

この作品はフィクションです。
実在の人物・団体・事件などにはいっさい関係ありません。

目次

口絵・本文イラスト／夏乃あゆみ

「おお、アイル。今日も早いな」

　野太い声にアイルはじゃがいもの皮をむく手を止めた。

　二十二歳のアイルは、ひょろりと背が高い。長いコック帽は似合わなくて、金色の髪は束ねて自前のベレー帽に押し込んでいる。解《ほど》くと肩ほどまでの長さになるが、忙しくて床屋には行けないので仕方ない。

　故郷では目立つ色だった緑色の瞳は王都では珍しくなく、今はもう特徴とは呼べるものではなくなってしまった。垂れ目なので、年齢より若く見えるのが悩みの種だ。

　顔をあげると、短く刈られた黒髪の男が白いエプロンを手にこちらへ向けて歩いてくるのが見えて、慌てて立ち上がる。年齢は三十代半ばで、大きな体だ。

「ジグザさん、おはようございます」

　時間は正午を過ぎているが、ここでの挨拶《あいさつ》はおはように統一されている。最初は違和感もあったがすっかり慣れてしまった。

　ラール王国の王都ラルは古い都市だ。石造りの建物が多く、街全体を高い城壁で囲んでいる。その中心にある城もまた内壁と外壁に守られており、堅固な城として有名だ。その内壁と外壁の間にある第三騎士団寮の厨房《ちゅうぼう》がアイルの職場だ。

ジグザはこの厨房の副料理長で一番下の立場のアイルによく声をかけてくれる。教わることも多く、アイルにとっては頼りになる上司だ。

「今日は鶏肉と牛肉か？」

騎士団寮の食事は朝と夜の二回だけだが、夜になると寮に住んでいない騎士たちもやってくるので仕込みをしっかりしておかないと間に合わない。

「はい。肉の下ごしらえは終わりました」

アイルはじゃがいもの皮むきを再開する。

納品される食材は下処理がされているものだが、雑になっていることが多い。それをきちんと使える状態にしておくのもアイルの仕事だ。

「いつまでも下ごしらえばかりで悪いな。お前の実力ならもっと上の立場でいいのに、何度増員を要請しても人を送ってくる気配がない」

「いいえ。実家では解体もしていたので、それに比べれば楽なものです」

物心がつく前から実家の小さな定食屋を手伝うことはアイルの日常だった。

「実家は定食屋だったか。きっといい料理を出すだろうな。お前の下処理を見ているとよくわかる」

「ありがとうございます」

料理を食べに来る人たちの笑顔が大好きで、いつしか自分の店を持ちたいと思うようになったのは自然なことだ。

料理の腕を磨くためとお金を貯めるために、王都に出てきて二年が過ぎた。苦労も多かったが目標は変わらない。

「今日のメニューですが、料理長から焼きは鶏肉の香草焼き。煮込みはビーフシチューでと聞いています。玉ねぎとにんじんは切りました。じゃがいもはもうすぐ終わります」

午前中に届けられた食材を確認して料理長のイワンがメニューを決める。この第三騎士団の厨房ではメニューは日替わりだ。焼きか煮込みの二種類しかないが、少人数で回さなければいけない厨房では何種類も用意はできない。

厨房で働く料理人はアイルとジグザ、料理長のイワン、他にふたりいて全部で五人。

「ビーフシチューに人気が偏るな。香草焼きは辛味も入れて、匂《にお》いで誘うか」

第三騎士団の人数は約五十人。皆が一斉に来るわけではないし、遠征に行っている者もいるとはいえ、食べる量の多い者たちだ。食事の時間は大忙しとなる。

「アイル、付け合わせは？」

料理にはサラダともう一品の付け合わせが添えられる。それを任せられたのはこの厨房で働き始めて半年ほどたったときだ。

最初はずいぶんと悩んだが、今では作れる料理も増えたし組み合わせを考えるのは楽しい。

「はいっ、ほうれん草ときのこの炒《いた》め物にします」

今日、届けられた野菜の中に綺麗《きれい》な青々としたほうれん草が入っていた。バターを入れて炒めておけば、ビーフシチューに後から載せても美味しいし、辛味を入れた鶏肉の箸休めにもなる。

「頼んだぞ」

「はい！」

笑顔で答えて、アイルはじゃがいもの入った籠《かご》を抱えた。


日が落ちると、食堂は一気に活気づく。

訓練や仕事を終えた第三騎士団の騎士たちがぞくぞくとやってくる。

「おい、第一と第二のやつらに絡まれたって？」

この国には三つの騎士団がある。そのどれもが王直属の部隊となるが、第一騎士団は特別だ。身分と実力を備えた者しか入団試験を受けることもできない。王族の警備が仕事の中心で、第一騎士団に所属するということは将来を約束されたエリートの証《あかし》だ。

「騎士の矜持《きょうじ》だなんだと言われても、腹の足しにもならねえし」

第二騎士団は城全体の警備がおもな仕事。実力があれば身分のない者でも入ることができるが、それでも身辺調査は細かく受けることになる。

第一騎士団と第二騎士団に共通して言えるのは王を守るために存在しているということ。そのため城を離れることは滅多にない。

「まあ奴らが威張っていられるのは平和な証拠だ」

第三騎士団は戦争時に作られた新しい騎士団だ。

勅命として身分を問わずに実力のある者たちが集められ、戦争ではその機動力から大いに勝利に貢献した。

実戦で培われた腕は本物で、剣を合わせれば負けはしない。

だが、戦争が終わった今、その立場は弱まっている。

特権階級といっていい第一騎士団や第二騎士団からすれば、第三騎士団はマナーも教養もなっていない。同じ騎士とは認めたくないというのが本音で、風当たりは強い。

「お疲れ。今日は郊外で害獣の駆除だったか。結局、何が出た？」

「猪《いのしし》だよ。こいつが弓を外すから、最後は取っ組み合いだ」

どっと笑いが沸き起こる。割り振られる仕事は騎士の仕事とは程遠い、泥臭いものばかりだ。

それでも、戦争よりは楽だと笑っている男たちは市民からの人気は高い。

「焼きを頼む！」

男が持つトレーにはサラダとパンが乗っている。この食堂では自分でトレーを持ち、次々に並んだ料理を載せていく。他の食堂ならば、ようやく仕事を終えたのに働かせるのかと文句が飛んできそうだが、ざっくばらんな男たちは気にした様子もない。

「俺は煮込みで！」

テーブルは六人掛けが十二個。体格のいい騎士団の者たちからすればそのテーブルに六人も座れるわけはなくて食堂はいつも混み合っている。

「はいはいっ、はーいっ！　今、持っていくから！」

忙しく返事をするのはガルだ。ジグザが焼いた料理を次々とカウンターに運んでいく。

二十代後半のガルは、戦争に同行していたため第三騎士団とは長い付き合いだ。ぽっちゃりとした外見とは裏腹に、動きは速くてアイルが手伝う隙《すき》はない。

「アイル、付け合わせは多めで頼むよ。今日は疲れたから」

「はいっ、今用意します！」

アイルの付け合わせは増量をお願いされることも多くて、いつも多めに作っている。

「俺のも増やしておいてくれ。アイルの料理を食べると不思議と体が軽くなるからな。王都に来てくれてよかったよ」

そう言ってもらえることは、料理で人を笑顔にしたいと願っているアイルに嬉《うれ》しい言葉だ。

「誘っていただいて感謝しています」

アイルの故郷は戦場の近くだったため、町は兵士の休息場として利用されていた。その縁で第三騎士団寮の厨房を紹介してもらえたが、それがなければ今のように料理の勉強ができる環境が得られていたかどうかわからない。本当に運が良かった。

「いや、前から言っているがアイルの料理は本当に何かあるよ。本当に疲れが吹き飛ぶから」

「美味しいものを食べると元気になりますよね。ビーフシチューも多めにしておきますか？」

料理の力はすごい。ただ美味しいというだけではなくて、気分も向上する。食べるという生活に必要なことが笑顔に繋《つな》がるのは毎日を豊かにする。アイルはその笑顔を増やしたい。

「だから、そうじゃなくて……」

「おーい、みんなっ、大変だ！　新しい騎士団長が来るってよ」

ばたばたと駆けこんできた男に、数人が振り返った。その慌てた様子にアイルも首を傾《かし》げる。

「そうか？　次は使える人だといいな」

反応が薄いのは、騎士団長が新しくなることが珍しくないからだ。

この第三騎士団をまとめるのは並たいていな仕事ではない。割り振られる仕事の多さに加え、団員たちは扱いにくい癖のある者たちばかりだ。名前だけの貴族では務まらないが、平民だった者を騎士団長にするには慣例が邪魔をする。人選は難しく、数ヶ月前に前任者が退任した後は空席のままになっていた。

「お前ら、名前を聞いたら驚くぞ！」

駆け込んできた男は息を整えながら食堂を見回す。

「シャルゼス・グライアー様が次の騎士団長だ！」

ざわざわと騒がしかった食堂が、しんと静まり返った。

その名前を耳にして、アイルも息をのむ。

シャルゼス・グライアーは五年も続いた隣国カサンダとの戦争を終わらせた英雄の名前だ。

侯爵家の次男という立場から、将軍の補佐として戦争に同行し一切の実務を回していた。

その功績の多くは表向き将軍のものとなったが、戦場にいた多くの者たち……特に前線で活躍していた第三騎士団の者たちはそれが誰の功績かよく知っている。

「いつだ！」

「いつから？　剣の指導はするのか？」

「いや、終戦間際に負った怪我《けが》で剣は握れないと言ってなかったか？」

「そうなのか？　だが、剣の腕だけじゃないからな」

「嘘《うそ》だろ。あのシャルゼス・グライアーが俺たちの上司だって……？」

堰《せき》を切ったように騒がしくなる食堂に、アイルも胸の鼓動が高鳴った。

怪我で第一線を退いたという噂《うわさ》はあったが、シャルゼス・グライアーの活躍は剣を取ってのものだけではない。

実家の食堂にやってくる兵士たちから何度も聞いた。

敵軍の補給路を絶ったこと。剣を振るって相手の指揮官を倒したこと。前線を下げないために、必死で戦っていること。味方を勝利に導く計略のこと。

アイルが十五歳のときに始まったカサンダ国との戦争は五年続いた。その間、毎日のように聞いてきたその名前はアイルにとって一番のあこがれだ。

「シャルゼス・グライアー様に料理を作れる」

第三騎士団長になれば、執務室はすぐ横の建物だ。貴族である歴代の騎士団長たちがこの食堂に来ることはなかったが、軽食やお茶などを頼まれることはあった。

戦争の英雄に料理を作る機会があるかもしれない。

「すごい話だな、おい」

ジグザの言葉にアイルはただ頷《うなず》くことしかできなかった。

アイルの故郷は戦場の近くだった。

幸い戦火は免れたが、戦場から馬で数時間ほどの距離にあり緊張を強いられる場所だ。

多くの町民が逃げ出すなか、町で唯一の食堂を経営していた父は残ることを決めた。

戦争が終わってみんなが戻って来たときに、同じ味で出迎えてやりたいのだという気持ち。

そして戦場に立つ兵士たちに少しでも腹を満たすものを提供したいという父に母は仕方ないねと笑っていた。

半年、一年と続いていく戦争に、他所からやってきた者たちが兵士を相手にする商売を始めていく。

町は兵士たちの休息場に変わった。

いくら自国の兵士とはいえ、戦場で死と隣り合わせの生活を送る兵士たちがやってくる町。それに余所者《よそもの》も増えていく。治安の悪化は避けられない。戦争が終わるまでの五年の間、一家が生活できていたのは、司令部が目を光らせてくれていたおかげだ。

その司令部を実質的に動かしていたのが、シャルゼス・グライアー。

活躍を聞いていたのはもちろんだったが、アイルにとってシャルゼス・グライアーは身近な英雄でもあった。

「アイル、また残るのかい？」

私服に着替えたガルが厨房を覗《のぞ》き込んできて、アイルはびくりと体を震わせた。

さきほど二十二時を告げる鐘が鳴ったところだ。食堂は二十一時までなので、残っている騎士はいない。灯《あか》りは消され、厨房の中もアイルの手元を照らす小さなランプがあるだけだ。

「相変わらず、臆病だな。また幽霊話でも聞かされたか？」

歴史あるこの城の中で、そういった話は事欠かない。首のない騎士が歩いていたとか、壁からメイドが出てきたとか、誰もいないはずの場所で話し声がするとか。アイルの臆病さが知られてからは余計に話をする人が多くなって困っている。

「だ、大丈夫です。練習しているだけなので」

想像するだけでぞっとするが、怯《おび》えてばかりもいられない。夜は貴重な練習時間だ。

目の前には真っ白の陶器の皿に載った料理がある。

海老と野菜を交互に重ねて蒸したものに、鮮やかな緑とオレンジのソースを散らした一品は料理長のイワンに教えてもらった貴族の料理だ。

「練習しても騎士団長は来ないじゃないか」

シャルゼス・グライアーが騎士団長として就任して二ヶ月。

貴族である彼が寄せ集めの第三騎士団の男たちと一緒に食事をすることは一度もなかった。

アイルにも料理を作る機会は巡ってこない。

「ですが頼まれたときには、きちんとした料理を出したいのです」

夜遅くまで残って練習するのは、恥ずかしくない料理を出したいからだ。

「用意したものを持ってきているか、他の食堂で食べているか知らないが、一度くらいは頼んでくれてもいいのに」

城には王族のための料理を作る中央の厨房の他に、城で働く貴族のための第二厨房もある。

第二厨房では食堂だけではなく、大小の個室が用意されているし、部屋に運んでもらうこともできる。多くの貴族と同じようにシャルゼス・グライアーもそちらを利用しているのだろう。

「もしかしたらと思うだけで、楽しいですから」

「アイル。何度も言うが、俺に丁寧な言葉は必要ないぞ？　もっと気楽に話せよ」

「ガルには気楽に話していますよ。不器用なので、言葉の崩し方が下手なだけです」

ここで働くようになって、色々なことを学んだ。

料理長のイワンは町の定食屋の経験しかなかったアイルに料理を基礎から叩《たた》き込んでくれた。

ジグザも同様にアイルにない知識をくれる。言葉遣いや立ち居ふるまいもそのひとつで、覚えようと日頃から使うようにしていたら、どうにも抜けなくなってしまった。

「まあ、いいけど。そんな高い食材、毎回練習に使うのはもったいないだろう？」

アイルのいる王都は、港から馬で半日ほどかかる。海鮮が手に入らないわけではないが、馬車で運ぶとなると急ぎの便を使わなくてはならないために割高だ。

「お前の頭の中は、料理ばかりだなあ」

イワンからは、練習に使うものは何とかしてやると言われているが、ただでさえ予算の少ない騎士団の食材を使うことはできない。それに市場で材料を買いそろえるのも勉強になる。

「少しは他に目を向けろよ」

他と言ってもアイルに王都の知り合いはいない。休日も、仕事が終わったあとも、そのほとんどを料理に注ぎ込んできたので友人を作る余裕もなかった。

「いい相手はいないのか？　好きな相手がいるっていうのはいいぞ」

「いないですよ」

友人すら作れないのに、ガルの言うような相手など想像できない。

「俺は先に帰るが、ほどほどにしろよ」

ガルは既婚者で、寮ではなく街中に住んでいる。もうすぐ最後の馬車も出る時間だからと慌てて出て行った。奥さんと娘さんの話をするときはいつも笑顔になるのを見ていると、そういう相手がいるのは幸せそうで羨《うらや》ましい。

「……でも、まだ料理以外のことは」

出来上がった料理を見つめて溜息《ためいき》をつく。食べてくれる人がいない料理は、まだ見ぬ恋人よりよほど寂しそうだ。

せっかく作ったのだからと椅子を引いて、フォークとナイフを手に取ろうとしたときだった。かたん、と小さな音が聞こえた。外に繋がる勝手口からだ。

「ガル？」

寮の出入りは記録簿に残さなくてはならないから表の玄関から出たはずだが、忘れ物をして戻ってきたのか。記録簿を書くのが面倒でこちらに回ったのかもしれない。

卓上にあった小さなランプを手に取って勝手口へ向かう。扉を開けると、暗闇の向こうはしんと静まり返ったままだ。ランプを掲げてみても、人影は見えない。

第三騎士団の寮は城の内門と外門の間……、日中は市民でも出入りできる場所にある。それでも城の中なので外門から入るときは身分証が必要だし、夜はしっかりと施錠される。さすがに不審者はいないはずだ。

「もしかして、幽霊……？」

ごくりと唾《つば》をのみ込んでアイルは近くにあったじゃがいもに手を伸ばした。棚の奥に転がっていて、芽が出てしまった使えないじゃがいもだ。後で捨てようと置いたままだった。

「誰もいませんよね！」

大きな声に、がさりと目の前の茂みが揺れた。咄嗟《とっさ》にアイルは、暗闇に向けてじゃがいもを投げる。

「……っ！」

きっと何も起こらない。そう願ってのことだったが、次の瞬間じゃがいもは暗闇に跳ね返された。

「戻っ……？」

足元に転がったじゃがいもを見てさあっと血の気が引いた。

「うわあっ！」

幽霊！　幽霊だ！

早く逃げたいのに、足に力が入らなくてぺたりとその場に座り込んでしまう。ぎゅっと目を瞑ったアイルの耳に、ざりっと音が聞こえた。

「来ないでっ！　来ないでくださいっ！」

幽霊に襲われたらどうしたらいい？　もうじゃがいもは投げてしまったし、武器になりそうなものはない。そもそも武器が幽霊に通じるかはわからないが。

「……すまない」

低い声にアイルは耳を塞《ふさ》いで首を横に振る。

すまないと言った。きっと何か思い残したことのある幽霊だ。

「驚かせるつもりではなかった」

カツンと靴の当たる音が聞こえた。

靴を履いている。人間の靴を履いている何かがすぐ側にいる。

「幽霊ではないから、目を開けてくれないか？」

幽霊じゃない？　アイルはそうっと目を開ける。

「うわっ！」

叫んだのは、真っ黒な姿の人影がすぐ側にあったからだ。

「お、落ち着いてくれ。俺は本当に幽霊ではないから」

見上げると、ようやく正体がはっきりしてくる。背が高く、黒い服を着ているから大きな影のように見えただけだ。

「あ、あの……」

男はアイルに目線を合わせてしゃがみこんだ。

黒いぼさぼさの髪は目元まで覆い隠してしまっている。それに、口元を覆う無精髭《ひげ》。

どことなく、全体的にもっさりとしている。だが、幽霊のように透けた体ではない。いや、幽霊を見たことはないから本当に透けているかはわからないが。

「あの、触ってみてもかまいませんか？」

失礼だとはわかっていても、聞かずにはいられなかった。これでもし、実体がないなんてことになればアイルはもうここで働けない。

「ああ。存分に触って確かめてくれ」

幽霊……じゃない男の許可は得た。そうっと手を伸ばしてアイルは男の腕に触れる。

「温かい……」

それでも信じられなくて、ぺたぺたと遠慮なく手を触れた。肩のあたりまできたところで、男がびくりと体を震わせた。

「す、すみません！」

眉間に皺が寄っている。

「大丈夫だ」

大きく息を吐く様子に戸惑う。おかしなところを触ったつもりはなかったが、どこか痛かったのだろうか？

「本当に大丈夫だ。気は済んだか」

確かに体温がある。それに、幽霊なら体を震わせることなどしない。

「はい。ちゃんと人でした」

笑顔を浮かべると、男は少しだけ戸惑ったように見えた。

それもそうだ。いくら許可を得たとはいえ、初対面で人かどうか確かめられるなど男にとって不本意に違いない。

「驚いて大きな声をあげて申し訳ありません」

「いや、あの場所から現れた俺が悪い」

大きく頷きそうになって、慌てて首を横に振る。

「眠れなくてな。暗闇を歩けば、少し落ち着くかと」

「落ち着くはずないじゃないですか。怖いだけでしょう？」

あんな暗闇に灯も持たずになど、想像しただけで震えてしまう。

「悪かった」

男はそう言うと、ゆっくり立ち上がった。

「あのっ！」

このまま立ち去るつもりのようだと気がついて、アイルは慌てて男の服を摑《つか》む。

「すみません。立てないので手を貸していただけませんか？」

顔から火が出そうになるくらい恥ずかしかったが、足に力が入らない。だが、色々と幽霊話を思い出してしまった後に取り残されるのだけは避けたい。

男は少し笑ったように見えた。

「ここで働いているのか？」

幽霊ではなかった男の手を借りて厨房に戻ったアイルは、椅子に座ってほっと息をついた。アイルに合わせてゆっくり歩いてくれたが、もとより狭い厨房だ。時間はそれほど過ぎていない。

「はい。仕事は終わったのですが、料理の練習をしていて」

しかし、幽霊ではないからと安心してはいけなかったのではないか？

がっちりした体格は騎士だと言われてもおかしくないが、寄せ集めの第三騎士団でもここまで身なりの酷《ひど》い者はいない。そのくせ、言葉は上の立場にいてもおかしくないようなしゃべり方に男の正体を摑みかねて首を傾げる。

「こんな遅くにか？」

眠れないからと暗闇を徘徊《はいかい》していた男に言われることではない。

「昼間は仕込みがありますから。あの、ありがとうございました。私はアイルといいます」

「アイルか。俺はゼスだ」

ゼスと名乗った男は興味深げに厨房の中を歩き出す。こういう場所には慣れていない人かもしれない。髪と髭があの様子なのでもっさりしている印象だが、黒い服はそれなりに仕立てのいいものだ。

「ゼスさん、あのっ、ありがとうございました。もう、大丈夫ですので」

名前がわかったところで、正体がわからない部外者だ。長い間、とどめておくわけにもいかない。

「すみません。ここは第三騎士団の寮なので部外者を入れるわけにはいかなくて」

「俺が怪しい者だと？」

頷きたくても、頷けない。腰が抜けて手を貸してもらったのは事実だ。どうすることもできなくて顔がカクカクと不自然に動く。

「どこが怪しい？」

「か、格好が」

これは否定できないはずだ。伸びた前髪に、無精髭まであるような姿では城で働いているとは言えない。

「ふむ」

そう言うと、ゼスはアイルに近づいてすぐ目の前に顔を寄せた。

「え？」

思わず目を見開いたのは、髪をかきあげたその顔が整っていたからだ。

すっと伸びた目元に、男らしいしっかりとした眉。茶色の瞳はよくある色なのに、視線が合うと吸い込まれそうでどきりとした。

「アイル？」

声をかけられるまで見惚《みと》れていた。慌てて視線を逸《そ》らせる。

「だ、大丈夫です。しまってください」

顔をしまえというのもおかしな話だが、ゼスは気にした様子もなく髪をかきあげていた手を離す。

「顔を晒《さら》していると、なにかとうるさくてな」

その言葉も嫌味にならない。これだけ整った容姿ならば、周囲が黙っていない。間近で見た顔を思い出しただけで、またどきりとする。アイルは大きく息を吸って自分に落ち着けと言い聞かせた。

「だが、怪しいのはお前もではないか」

「え？」

「夜中にひとりで料理を作っている。この時間だと給料が出るわけでもないはずだ。部外者が入り込んで、料理人のふりをしている可能性はある」

ゼスの言葉に驚いた。確かにアイルには身分を証明できるものがないが、もう二年も働いている。ここにいるのが当たり前すぎて、疑われる可能性など考えたこともなかった。

「えっと、私は確かにここの料理人で……」

雇用契約書はあるが、部屋の荷物の奥の奥にしまい込んでいる。あとはアイルを知る人を起こすくらいしか証明のしようはないが、もう夜中だ。明日の仕事や訓練に備えて眠っている騎士たちに恨まれたくはない。

問題をすり替えられていることにも気がつかず、証明するものはないかときょろきょろと周囲を見渡す。目に入ったのは先ほどまで作っていた料理だ。

「あ！　そうだ。これ。これを食べてもらえればわかります。私が作ったものです」

海鮮を使った貴族の料理は素人に作れるものではない。下ごしらえに時間がかかるし、海鮮自体が値の張るものなのでレシピも十分に出回っていない。

「食べればわかる……か」

銀色のフォークを差し出すと、ゼスはそれを受け取った。

「はいっ。あの、どうぞ」

フォークがアイルの作った料理に突きささる。乱暴な行動とは裏腹に、綺麗に切られた料理がゼスの口にゆっくりと運ばれた。

「美味いな」

ぽつりと呟《つぶや》かれた一言は、思わず漏れた言葉だ。そこに嘘やお世辞はない。

「美味い」

繰り返して、ゼスは静かに咀嚼《そしゃく》する。味わってくれているようでなによりだ。

「ありがとうございます」

嬉しくて頬が緩む。怪しい人だと思っていたが案外いい人かもしれない。

「素直だな」

「え?」

「いや、気にしなくていい。第三騎士団では、これほど豪華な料理が出るのか?」

「違います。これは私が勝手に練習しているだけで」

第三騎士団の立場はあまりよくない。

寄せ集めで作られた騎士団ということもあって、時折解団の話も出る。そんな中で、第三騎士団は贅沢《ぜいたく》な食事をしているという噂が広がるのはよろしくない。

「練習? 食べもしない料理を?」

「いつか騎士団長に食べてもらいたくて……」

「騎士団長?」

「ええ。新しい騎士団長が来たのですが貴族の方ですし、食堂の料理は口に合わないかもしれません。色々教えていただいて練習しているところです」

「騎士団長にね」

ぽつりと呟いたゼスは、皿を持ち上げてかき込むように残りを平らげてしまった。けっこう

いい値段の海鮮だ。手間もかけている。ゆっくり味わってもらいたい料理なのに。

恨みがましい目で見上げると、ゼスは眉根を寄せて皿を置いた。

「あれはそう立派な人間じゃない。団長らしい仕事もしてないし、近いうちに解任されてまた領地に引きこもるのではないか?」

確かにそういう噂は聞いていた。

執務室にはいるらしいが、就任の挨拶すらなかったこと。表に出るような仕事ではそのほとんどを副団長が代行していること。繋ぎ合わせて導き出される人物像にいい印象はもてない。

「ちょっと待ってください!」

だが、第三騎士団の者は誰もそれを責めていない。

指揮官はいざというときに頼りになればそれでいい。幾度も命のやりとりをしてきた彼らからすれば、それがまっとうな意見だ。

アイルにとっても騎士団長は英雄であることに変わりはない。故郷を守ってくれた人だ。

「座ってください」

「座る?」

「騎士団長の素晴らしさをわかってもらうまで帰しません!」

「素晴らしさ……?」

首を傾げるゼスを無理矢理椅子に座らせる。この第三騎士団の建物内で団長の悪口を言わせたままにしておくわけにはいかない。

「戦争で活躍するということは、多くの命を奪うことだ。素晴らしいことなど何もない」

「違う、違います」

「敵兵を殺すことが正義だと思うのか？」

前髪で隠れたゼスの表情はわからないが、纏う雰囲気が鋭くなった。ぴりりとした気配に圧倒されそうになって、大きく息を吸う。

「難しいことはわかりません。私は、そういうことを言っているのではなくて……。私の故郷は戦場の近くでした。ですが家族は無事です。町の人も、誰も戦争で命を落とさなかった。騎士団長は戦争を終わらせて私の故郷を守ってくれました」

戦いは直接見ていたわけでなくても怖かった。

「戦争が始まって町からは大勢の人がいなくなった。代わりに兵士が大勢やってきて、死が身近になりました」

定食屋で笑って食事をしていた兵士が亡くなったと聞く。いつかそれが身近な人に起こるのではないかと……見慣れた町で兵士が戦うことになればどうなるのかと怯《おび》えた。

「町の人たちから表情が消えた。心がどんどん削られていくのです」

剣を持った誰かに追い掛け回される夢をよく見るようになった。大丈夫と言い聞かせて一日を過ごす日々は静かに心を削っていく。

「私はもう見たくありません」

シャルゼス・グライアーにも罪はあるかもしれない。少なくとも、敗戦国側からみれば大悪党だと言っていい。けれど、終わらせたのは彼だ。

「あんなもの、もう二度と見たくないのです」

人が死んでいく日常だ。殺した人数に誰かが喜びの声を上げる。

涙もしだいに出なくなって、戦争は感情も奪っていくのだと知った。

「おいっ」

焦った声に顔をあげる。

「いい。わかったから、泣くな」

目元に手を当てると、いつの間にか濡《ぬ》れていた。戦争が終わって二年もたつと、こうして泣くこともできる。自分の感情がきちんとそこにあることが嬉しくて頬が緩んだ。

「今度は笑うのか。忙しい奴だな」

いつの間にかゼスの気配が穏やかなものに変わっていてほっとする。

「泣くのも、笑うのも戦争が終わったからです。だから、こうして感情も戻ってきました」

「感情が、戻った?」

「ええ。戦争は戦っていない人の心も壊します。シャルゼス・グライアー様は私の心も救ってくれたのです」

「……そうか」

　ぽつりと呟いたゼスはゆっくりと目を伏せた。


「スープのいい香りだ」

　厨房の勝手口が開いて聞きなれた声がした。顔をあげると扉の向こうにもっさりした男の姿が見えて、アイルは味見をしようとしていた手を止める。

　月明かりの綺麗な夜だ。

　あの幽霊騒動からは一ヶ月が過ぎている。ゼスが第三騎士団に所属していることは、最初に会った次の日に料理長のイワンから聞かされた。

「毎日毎日、暇ですか？」

　怪しい事には変わりはないが、伝言を頼めるほど料理長に信頼されているとわかると、警戒心も長くは続かない。今では軽口も言えるほどに馴染《なじ》んでいる。

「暇ではない。昼間はきちんと働いている」

　そうは言っても、昼間にゼスの姿を見ることはない。いつもアイルが料理の練習をしている夜にやってきては料理を食べていく。

「だったら、食堂が開いている時間に来てください」

「それは無理だな」

大げさに肩を竦《すく》める姿に溜息が出た。勝手にやってきて料理を食べていくくせにどうしてそう偉そうに言い切るのか。

「無理……？　いつもどういった仕事をしているのですか」

第三騎士団に依頼された仕事をこなしているようには見えなかった。猪駆除や、王都の揉め事に駆り出されているのなら名前を聞く機会はあったはずだし、食堂に来られない理由にはならない。

「機密事項だ」

そう言われるとそれ以上は聞けなくて口を閉じる。

ゼスは軽く笑って椅子に座る。いつもはアイルたち料理人がまかないを食べる小さなテーブルだが、夜はすっかりゼスの特等席だ。

「そのうちわかる。お、今日はパンもあるのか」

テーブルには材料を仕入れるときに一緒に買っておいたパンが置いてある。

今日は鶏ガラを使ったスープだ。昨日の厨房のメニューで余った鶏ガラを自由に使っていいと言われたので丁寧に下処理をして長時間煮込んだ。

手間がかかるスープだが、それだけではゼスのお腹を満たすことはできない。どうしようかと悩んでパンを用意した。まだ名の知れていないパン屋だが、アイルが知る中では一番美味しいバゲットを出す店だ。

「ええ、先に食べて……」

　食べていてください、という前にゼスはパンにかぶりついていた。

「それほどお腹がすいているのなら他に何か用意しますか？」

　呆《あき》れて声をかけるが返事がない。

「……じゃない」

「え？」

「アイルの作ったパンじゃない」

　驚いてスープを取り零《こぼ》すところだった。

「わかるのですか？」

「わかる。毎日、アイルの料理を食べているからな」

　食べていると言っても、ゼスにパンを作ったことはない。よく出す肉料理やスープならば違いがわかるかもしれないが、パンはそれほど大きな個性が出るものではない。

「アイルのパンが食べたい」

　その言葉が嬉しくないわけではないが、さすがに今からパンを焼くほどの時間はない。

「また今度、作ります。今日はそれで我慢してください」

「楽しみにしている」

ゼスの口角が上がっていくのを見てハッとした。

料理はゼスのために作っているわけではない。腕を上げるための練習で作っている。それなのに、ゼスのお腹のすき具合を心配してパンを用意しただけでなく、次の約束までしてしまった。

「わ、私は練習で料理を作っているのです。ゼスに食べさせるためではありません！」

言葉はきつくなるが、スープを皿に入れてゼスの元に持っていく姿に説得力はない。

どうしてパンの準備をしてしまったのか。ゼスが勝手に来ているだけだからほうっておけばいい。

「アイルの料理はいつも美味そうだ」

スープを前にゼスが子供のように笑う。最初に幽霊だと勘違いしたときの暗い表情はすっかり見なくなった。少しずつ言葉が増え、笑顔が増えていくのが楽しくて突き放せない。

「透き通ったいいスープだな」

ゼスは皿から立ち上る匂いを嗅《か》いでスプーンを手に取った。

「うん、美味い」

ひとくち食べて、口元をほころばせる。

「このパンも、スープと一緒だと大丈夫だ」

パンをスープに浸して食べるのは行儀がいいとは言えないが、あの笑顔を見ていると駄目だとは言えずに隣の椅子を引いて腰を下ろす。

「ゼスは本当によく食べますね。夕飯はどれくらい食べるのですか？」

夜中にこれほど食べるなら、普段の食事量も多いはずだ。食堂に来ている騎士と同じくらいは食べるのだろうか。

「夕飯は食べていない。ほとんどの食事は喉《のど》を通らない。目の前に出されるものを詰め込むが……それだけだな」

パンを口に頬張る姿に首を傾げる。あまり喉を通らないような人の食事風景ではない。

「俺が美味いと感じるのはアイルの料理だけだ」

嘘を言っているようには見えないが、今の食べっぷりは怪しい。スープではなく、パンを楽しんでいるような食べ方だ。

「……パンに何かつけますか？」

「ああ、頼むよ」

「やっぱり私の料理でなくてもいいのではないですか？」

ごほごほ、とゼスが咽《むせ》る。水の入った杯を差し出すと、ゼスは一気に飲み干した。

「いや、本当にアイルの料理は特別だから！」

必死に言い繕っても、パンを美味しく食べていることに変わりはない。

「はいはい。卵のパテですが、かまいませんか？」

戸棚に置いておいた深めの皿を取り出す。

「卵?」

パテと言えば肉や魚をペースト状にしたものがほとんどで、卵が中心となるものは少ない。

「ええ。故郷ではよく食べます。肉や魚を使ったものより食べやすいので子供も大好きで……ええっと、でも子供の料理というわけではありませんよ?」

食堂でも出したいところだが、近場に農家のない王都では卵も高級品だ。第三騎士団の予算にそれほどの余裕はない。この卵のパテはひとりぶんでも二、三個の卵を使う。その上、軽く食べられるものだから、食堂で出そうとすればいったい何個の卵が必要になるのか想像がつかない。

「ゆで卵を潰《つぶ》して、簡単な調味料を入れるだけですけどね」

「ほう?」

差し出した黄色のパテにゼスは興味津々だ。さっそくパンに載せて、口に運ぶ。

「ああ、これはいいな。いくらでも食べられる」

弾んだ声に嬉しくなる。

「故郷だと卵はいくらでもあるので」

各家庭がそれぞれ鶏を飼っていた。朝に産まれた卵を取りに行くのはたいてい、その家の子供の役目だ。

「そういえばアイルの出身はどこだ？　前に戦場の近くだと言っていたが」

「イゼスです」

懐かしい故郷の町の名を口にする。王都に来てからその名前を告げることはあまりなかった。イゼスの町は戦場のすぐ側だったことが知られている。同情されるのも、好奇心で詮索《せんさく》されるのも煩わしくていつもなら田舎だとしか言わないのに、ゼスの前では自然に告げていた。

「ああ……、そうか。それは苦労したな」

ゼスの声が沈んだものに変わる。同情の言葉をかけられるかと身構えたが、ゼスは懐かしそうに目を細めた。

「通ったことがある。のどかないい町だった。戦争でずいぶん様変わりしただろう？」

ゼスの脳裏に浮かんだのが、かつての姿でほっとする。様変わりした後の姿はアイルの故郷とは言いがたい。

「ええ。でも、今は昔と近い姿になっていますよ。離れていた町人も半分くらいは戻ってきました」

もし町が戦場になっていたら、復興はできなかった。

イゼスは、国境近くの小さな町だ。おもな産業は牧畜で、人よりも牛や羊の方が多い。マイナスから始めるには、その後の利益が見込めない。農地を耕すために借金をすれば、それは一生ついてまわることになるような、何もない田舎の町だ。

「あの光景が、戻ろうとしているのか」

ぽつりと呟かれた言葉に、頬が緩む。ゼスが頭の中に浮かべた光景は、きっとアイルが知っているものと同じだ。

故郷を一緒に懐かしんでくれる。それだけでぐっと距離が縮まった気がするから不思議だ。

「ワインがあるのですが、一緒にどうですか？」

声をかけると、ゼスの目が子供のように輝いた。

「皿が足りん！　並べておけといっただろう！」

「肉の下処理は終わったのかっ。おいっ、皿はそれじゃない。金色の縁取りの皿だ。すぐに並べろ」

数日後、怒号が飛び交う厨房の隅でアイルはじゃがいもの皮をむいていた。忙しく動く料理人たちの邪魔にならないよう、できるだけ隅を確保しているがそれでもすぐ横を走って行く者がいる。

第三騎士団の厨房の十倍近くの面積があるここは、中央の厨房だ。下ごしらえが一番忙しいのは午後四時ごろだが、今はもう五時を回っている。

普段は王族の料理を作っている場所だが、城で舞踏会や晩餐会《ばんさんかい》が行われるときには戦場と化す。

　城にいくつかある厨房から人が集められ、今ここにいるのは四十人ほど。それだけの人数がひっきりなしに動いているのだから、その活気だけで眩暈《めまい》をおこしそうだ。

「すごいなあ」

　アイルたちが呼ばれたのは城の晩餐会で急なメニューの変更があったためだ。

　料理は海鮮を中心に用意されていた。スープも魚介の出汁《だし》をとったものをとなっていたが、急遽《きゅうきょ》来ることになった隣国の王子が問題だった。ただの好き嫌いなら我慢してくれと言いたくなるが、海鮮を食べると蕁麻疹《じんましん》が出る体質だという。

　王子は来賓の中心になる。そこだけ別料理と言うわけにはいかず、すべてのメニューを見直すことになった。その上、万が一を考慮して厨房の大掃除から始めることになり、城の料理人のほとんどが緊急招集だ。

　ジグザだけではなく、アイルとガルも呼ばれて掃除の後は隅で野菜の下処理をしている。アイルがじゃがいもでガルが玉ねぎ。ガルの目は先ほどから真っ赤だ。どこかにいるはずのジグザは、手伝いを任される場所が違っていて姿が見えない。

「さっき聞いたが、使わなかった海鮮をあとでくれるらしいぞ」

　こっそり囁《ささや》かれた言葉に俄然《がぜん》、じゃがいもをむく手が速くなる。晩餐会は二十人ほど。中規模ではあるが、上位貴族たちが食べる予定の海鮮ならばかなりいいもののはず。

「ま、俺たちに回って来るのはたいしたものじゃないだろうが」

たいしたものでなくても海鮮だ。しかも城の晩餐会で出す予定だったもの。貝殻ひとつでもいい出汁が出るに違いない。

「前菜はこれでよし！」

大きな声にそちらをみると、白い皿の上に鮮やかな色が見えた。

まるで絵画のように散らされた野菜。そして、薔薇《ばら》の花びらのように飾られた生ハム。野菜のテリーヌがあるのも見える。一皿にいくつもの小さな料理があり、見ているだけで心が躍る。

ゼスもあの料理を食べたことがあるだろうか？

ふと浮かんできた顔に慌てた。今はゼスの料理を作っているわけではない。集中しなければいけないのは別のことなのに。

「おー。さすがだな。あれならメニューが変更されたとは誰も思わない」

今回の晩餐は前菜から始まり、スープ、魚料理、口直しがあって肉料理と続く。

変更が必要となったのは前菜とスープ、それから魚料理だ。なかでも最初に出さなければならない前菜には苦心したはず。

大きな鍋《なべ》からは、優しい香りがする。あれはカボチャを使ったポタージュだ。

冷めないよう鍋ごと運ばれて、会場のすぐ側で皿に入れられる。金色のスープにくるりと生クリームで模様を描いて、客に提供される。

むいたじゃがいもを見つめて溜息をつく。下ごしらえではなく料理を手伝ってみたいが、今のアイルはこの厨房で働く見習いの指示で動く立場だ。

スープの次は本来なら魚料理だが、今回は別のものに変更される。肉料理を続けて出すとなれば肉の種類を変えるのか。それともまったく違う料理にするのか。

「そっちは終わったか？　手伝いはここまでで結構だ」

年齢のそう変わらない料理人に声をかけられ、頷くと手元にあったじゃがいもと玉ねぎがあっという間に持ち去られた。わざわざここまでと言うからにはもう出ていけということだろうが、どんな料理を出すのか気になって仕方ない。

そっと様子を窺《うかが》おうとして、近くを通った料理人に睨《にら》まれた。さすがに今日は全体にピリピリとした空気が流れていて見学したいなどと言える雰囲気ではない。

「行くか」

ガルに言われて渋々頷いた。アイルたちはこのまま勝手口から外に出て終わりだ。ジグザが戻ってきたら色々と聞いてみたいが、第三騎士団の夕食の準備もしなくてはいけない。

厨房に戻ると料理長のイワンがじゃがいもをむいているところだった。

白髪のイワンは今年で六十歳だ。中央の厨房で働いていたが、一線を退いて第三騎士団寮の厨房に来たのは、料理長の座を巡って負けたのだという噂があった。今回、手伝いに呼ばれなかったことを考えると、噂の信憑性《しんぴょうせい》は高い。

「ここでもじゃがいもか」

ガルがうんざりしたように言うが、それも仕方ない。

今日の煮込みは鶏肉とじゃがいもを使った一品だ。予算が少ないこの厨房ではじゃがいもの方が多いくらいだが、その分ボリュームは出せる。

「戻りました。料理長、代わります」

腕まくりしてイワンの隣に椅子を持ってくる。皮をむくところまで一緒に終わらせておくと効率がいい。

「中央はどうだった?」

「それはすごかったですよ。前菜は生ハムと野菜のテリーヌ。スープはカボチャのポタージュ。メインは見損ねました」

「向こうでもじゃがいもをむいていたなら、マッシュポテトを肉に添えるか。ゆでたあと、なめらかになるよう裏ごしして生クリームとバターを加えると、豚でも子羊でも牛でもよく合う一品になる」

生クリームとバターをふんだんに使えるなら、この厨房でだって出したい料理だ。しかし、添え物のマッシュポテトにまで贅沢品を使えるほど予算はない。ここで出せるマッシュポテトに入れられるのは塩胡椒《こしょう》とわずかな牛乳くらいだ。

「羨ましい」

「ま、ここであの上品なマッシュポテトを出しても物足りないと文句が出るな」

イワンの言葉にそれもそうかと笑いが漏れる。

とろけるような上品な口触りのマッシュポテトはもちろん美味だが、体を動かす彼らには少し塊が残って塩胡椒でしっかり味付けしたもののほうが好まれる。

「そうだ。中央で見たテリーヌが私の知っているものと少し違って見えたのですが」

「ああ。テリーヌは色々あるが、ここは城独自のレシピがある」

「城、独自……？」

手が止まる。

「前菜からメインまで、ひととおりの伝統レシピだ。その伝統料理がいくつ入っているかで、晩餐会の質も大きく変わる。今回は隣国の王子がいたから三品は入れていたはずだ。全部が伝統料理となるのは王や王太子の結婚式くらいか。それを作れるようになると城で働いていたと胸を張って言える。どうだ、お前たち。俺が教えてやろうか」

「え、俺は大丈夫です」

すぐに断るガルに驚いた。せっかく腕を磨くいい機会なのに。

「俺は安定して食えればそれで。早く帰って嫁と娘の顔を見る方が大事なので」

「私は教えていただきたいです。よろしくお願いします」

アイルの言葉にイワンが満足そうに頷く。もとから、ふたりの答えを予想していたようだ。

「じゃあ、明日から一時間早くおいで」

「はいっ」

元気よく答えたアイルに、ガルが呆れた目を向ける。

「お前は本当に勉強好きだなあ」

「違いますよ。ただ、楽しいだけです。技術があると、そのぶん誰かの笑顔が増えるでしょう？」

「俺は嫁と娘の笑顔があればそれでいい」

ガルの一番大切なものは家族。そのぶれない姿勢はむしろ羨ましいくらいだ。

「さあ、じゃがいもは終わったな。私は焼きの仕込みに入る。ガル、豚肉を切り分けるのを手伝ってくれ。アイルは煮込みを任せる」

「はい！」

ジグザがいない厨房では役割も変わる。

煮込みに使う鶏肉は、中央の厨房に手伝いに行く前に下処理を終えている。後は鍋に入れて煮込んでいくだけだ。使う野菜はじゃがいもとにんじん、それから香草。頭の中で手順を考えながら移動する。

「よし！」

ここからが、自分の料理。

食材を並べて、アイルはきゅっと唇を結んだ。

「美味い」

「そういうことではなくて、味が違うのです」

城の伝統料理を習い始めて一週間が過ぎたが、アイルはすでに大きな壁にぶつかっていた。

夜更けの厨房でいつものように訪ねてきたゼスに料理を出したが、ほめられても気分は向上しない。

「料理が美味い。それではダメか」

ダメに決まっている。料理が美味しいのは当たり前の世界だ。

「私が習っているのは城の伝統料理です。味を同じにすることが重要です」

「ふむ。俺は作る手順はわからないが、確かに少し味にまろやかさがあるか」

知ったように言うゼスに肩を竦める。ゼスは城の伝統料理を食べたことがあるのだろうか？

「調味料も同じものを使っているし、手順も料理長と同じです。混ぜる回数まで数えたのに、違うのです」

混ぜ方にコツがあるのかと何度も見せてもらったが、そう違いはない。その日の気候によって調味料の配分をわずかに変えることもあるが、同じ日に作っているのだから配分も同じだ。

「昔からある料理ですから、それほど複雑でもない。ですが、どこで味が変わってしまうのかわかりません」

アイルはがくりと肩を落とす。

テリーヌだけならまだしも、スープやデザートにいたるまで少しずつ味が違う。

この食堂にやって来る第三騎士団の者ならわからないくらいの微妙な違いだが、その違いがあるせいでこれは城の伝統料理だと胸を張って言えない。

「伝統料理はきっちり味を揃《そろ》えなくてはいけません。それができるのもまた料理人です」

ここにワインでもあれば、一気に呷《あお》りたいところだ。

「きちんとしようと力を入れれば入れるだけ、味が外れる気がしてお手上げです」

教えてもらったことを丁寧になぞっていく工程を何回も試している。だが、結果はやはり違っていて落ち込むことの繰り返しだ。

「そういうときはいったん、離れるのも手だ」

「離れる?」

アイルはきょとんとした顔でゼスを眺める。

「いったん、料理以外のことを考えてみてはどうだ?」

「料理以外……」

まっさきにゼスの顔を見つめてしまって焦る。そういうことではない。

いだ。

「わ、私から料理をとったら何も残りません」

そのはずだったのに、最近はついそれが崩れてしまいそうになる。目の前にいる、ゼスのせい飯が食えている」

「色々とあるだろう。俺も自分から剣をとったら何も残らないと思っていたが、こうして美味い飯が食えている」

「剣をとる？」

ふと言葉が気になった。ゼスは第三騎士団に所属している。もともと戦争のために作られた騎士団に剣を扱えない者などいない。

「ああ、言ってなかったか。俺は、戦争で傷を負った」

ゼスの口元は笑みを作ったままだ。長い前髪のせいで表情はわかりにくい。

「右肩だ。今も長時間は剣を握れない」

騎士団に所属しているゼスがそれを打ち明けるのは、弱みをさらけ出すようなものだ。

戦争は多くの人に傷を残した。目に見える傷も、見えない傷もだ。ゼスもまたその中のひとりだと知ってぎゅっと拳《こぶし》を握りこむ。

辛《つら》かったですねとも、大変だったですねとも簡単には言えない。

胸の奥を抉《えぐ》られるような痛みは故郷で何度も目にしてきた。アイル自身が痛みを味わうことはなかったが、それを喜べるような状況ではなかった。

「まあ、戦争のときにそこそこ活躍したおかげで給料がもらえる仕事を与えられた。だが、食べることも億劫《おっくう》でな、この二年は自分が何を口にしていたかも覚えていない。眠ることもできずにフラフラしていた」

大丈夫だと慰めたいのに、言葉が出ない。ゼスの力になれない自分がもどかしくて、悔しくて視線がどんどん下を向く。

「アイルと出会えて良かったよ。久しぶりに食事を美味いと感じた」

ゼスの声に明るさが混じり、アイルはやっと顔をあげる。

「俺は生きながらえたとようやく理解することができた。ありがとう」

かあっと顔が熱くなった。

慰めたいと思った心より先に、自分の料理がゼスを助けていた。アイルは確かにゼスの力になれていた。そのことにじわりと嬉しさが湧き起こる。

『好きな相手がいるっていうのはいいぞ』

いつかガルに言われた言葉が浮かんできて、大きく首を横に振った。

違う。ゼスにそういう気持ちを抱いているわけではない。頬が熱いのは、料理をほめられたからだ。ゼスとの時間が楽しいからといってそういうわけでは……。誰に何を責められているわけでもないのに、気持ちがぐるぐるして焦ってしまう。

「アイル。すまないが、しばらく来られない」

「え？」

ゼスの言葉に、ぐるぐるしていた感情が吹き飛んだ。

「遠征に行くことになった。早くても一ヶ月はかかる」

「でもゼスは怪我をしていて剣は……」

遠征というと、盗賊の討伐や貴族間の争いの仲裁、反乱の制圧等危険が伴うことが多い。戦争に比べれば命を落とす危険は少ないが、まったくないわけじゃない。

「大丈夫だ。俺は後方で見ているだけだから。人数合わせの賑《にぎ》やかしだよ」

心配だが、今までだってゼスは表立って騎士団の仕事をしていたわけじゃない。きっとゼスの仕事は剣を握る機会の少ないものだ。

「そう、ですか。でも危険なことはしないでくださいね。ゼスが帰ってくるまでに、きちんとした城の料理ができるように努力しますから」

この二ヶ月、毎日のように会っていた。それはアイルにとって楽しい日々だった。

「今まで友人と呼べる相手はいませんでしたが、ゼスは……」

間違いなく友人だと言おうとして言葉が途切れた。喉の奥に言葉がつっかえたように、その先が出てこない。

「いい。今はそれで十分だ」

友人だと言えなかったのに、何故だかゼスが嬉しそうに笑う。伸びてきた手がアイルの腕を摑んでぐっと引き寄せた。

「えっ……」

頰に何か。

「触れ……」

一瞬だけ。ほんの一瞬、触れた温《ぬく》もりに慌てて頰を手で覆う。

「戻ってくるまで、俺のことをたくさん考えてくれ、アイル」

にやりと笑ったゼスが厨房を出て行って……。誰もいなくなった暗闇で、アイルはぺたりと床に座り込む。体に力が入らなくて、立ち上がれそうにない。

「今、何が……」

ゼスの唇が、頰に触れた。思い出すと、かあっと顔に熱が集まる。

『戻ってくるまで、俺のことをたくさん考えてくれ、アイル』

言われた言葉がいつまでも頭の中から離れなかった。

「焼きで頼む」

「俺は煮込みで！」

次々にかかる声に、アイルは狭い厨房内を走り回る。夕食の時間の厨房は大忙しだ。

ゼスが遠征に出かけて一ヶ月が過ぎようとしていた。きっともうすぐ戻ってくる。それだけで、そわそわと落ち着かない。

ジグザは中央の厨房に手伝いにいった日からあちらに呼ばれることが増えた。アイルは付け合わせだけではなく色々な料理に携わるようになったが、人が増えたわけではないので忙しさは倍増だ。

「はい、焼きひとつ。煮込みふたつ」

皿に盛りつけた料理を差し出すと、相手はアイルを見つめて首を傾げた。

「アイル」

「はい？」

「色気がでてきたんじゃないか？　お前、恋人でもできたか？」

「は……えええっ？　痛っ！」

突然の問いかけに慌てて足を作業台にぶつけてしまった。おかげで顔が赤くならずに済んだが、アイルに問いかけた男はニヤニヤしている。

「こ、恋人なんてできていませんっ」

ゼスとはそういう関係じゃない。毎日会うのは楽しかったが、恋人だと考えたことはない。すぐにゼスの顔が浮かんでしまった不自然さには気がつかず、アイルは慌てて否定する。

「え、アイルに恋人？」

すぐ後ろに並んでいた別の男が聞きつけて大きな声を出したために、食堂がざわついた。

「アイル、どこの女だ！　いや、男か？　とりあえず、紹介しろ。見定めてやる」

「俺たちのアイルに手を出すとは！」

「アイルは料理のことだけじゃなかったのか？」

いくつか聞き捨てならない言葉が混じっている。俺たちのアイルとは何のことか。料理だけとは、余計なお世話だ。

「そ、そういうことではないのです！」

「お。否定しているぞ。こりゃ、心当たりがあるな」

「だから、彼とは……っ！」

「彼っ⁉」

言われてからハッと口を押さえるが遅い。アイルが男の恋人を作ったとざわめきが広がっていく。

「おいっ、アイル。どこのどいつだ？　出会った場所は？　街中か、城か？」

「アイルはほとんど出かけない。市場か、城かの二択じゃないか」

当たっているだけに何も言えない。いや、この場合は言わない方がいい。また口を滑らせてしまう。

「市場……。いや、市場なら食材にしか目が行ってないはずだ」

「それは城でも同じだろう。アイルは料理しか頭にない」

さんざんだが、その通りだ。アイル自身もずっとそうだと思っていた。でもゼスとは本当にそういう関係ではない。

「だからっ、もう一ヶ月も顔を合わせていませんし。そういった仲ではありません！」

城の伝統料理の練習も続けている。あいかわらず、味は定まらないが決まった味付けを変えることで本来の味は出せるようになった。レシピを守るか、味を守るかで悩んだが、本来のレシピは頭の中に叩き込まれている。次は味の再現でもかまわないはずだ。

そう、アイルは料理に夢中でゼスのことなど考えなかった。そういうことにしてしまいたい。

「一ヶ月……。おい、西の草原地帯の討伐隊は出発してそれくらいか」

「ああ、そうだな。ちょうど一ヶ月」

第三騎士団の騎士たちは、実戦経験も豊富で無駄に勘がいい。すぐに青ざめてその言葉を裏付けてしまうアイルとは大違いだ。

「討伐隊には何人行った？」

「十二人。団長も数に入れるなら十三人」

「そのうち、独身は五人だな。もうすぐ戻って来ると聞いたが、楽しみじゃないか」

決して楽しんでいるとは思えない不穏な空気が漂う。

「もうすぐ、戻ってくるのですか？」

だが、アイルはその言葉に反応してしまった。とたんに皆がアイルを振り返って、いたたまれなくなる。

「あのっ、食材の準備もありますので……」

慌てて言い繕ったが、どうにもならない。これではその中に彼がいるのだと公言したようなものだ。

「討伐は無事に終わったと連絡が来ている。三日以内には戻って来るのではないか？　怪我人は……」

「怪我っ？　誰か、怪我した方がいるのですか」

ゼスは長時間、剣を握ることができないと言っていた。後方での賑やかしだと聞いてはいるが、現場では何が起こるかわからない。もしゼスが怪我をしていたら……。

剣を取り落とし敵に囲まれる姿を想像して、真っ青になる。

騎士団に所属している以上、怪我はつきものだがそれを当たり前だとは思えない。もしかしたら命にかかわる怪我をしているかもしれない。

今まで夜の厨房で練習する時間を寂しいと感じたことはなかった。

けれど、この一ヶ月。あの勝手口から急にゼスが入って来るのではないかと、いつも待っている自分がいる。

『アイル、今日の料理は何だ？』

そんな風にゼスが訪れるのが待ち遠しくて。

「怪我人はいないってよ。よかったなあ、アイル」

「そっ、そういうわけじゃ……っ。いえっ、怪我をされた方がいないのはなによりです！」

もうこれ以上話していても、ぼろが出るだけだ。慌てて厨房の奥へ隠れるアイルに笑い声が聞こえた。


「もうこんな時間ですか……」

二十二時を告げる鐘の音に料理の手を止める。アイルひとりの厨房は静かで鐘の音はよく聞こえた。

遠征にいった騎士達が三日のうちには戻って来ると聞かされたのは一週間前のことだ。

全員が同時に戻ってくるわけではない。だが、本隊が戻ってきてもう四日が過ぎている。後始末に残っていた騎士たちもとっくに引き上げているはずだ。

「別に待っているわけでは！」

気になってしまい、料理の味が纏まらない。皿に描こうとしたソースの模様も曲がってしまった。

「今日はもうやめましょう」

ベレー帽を取って、エプロンのポケットに押し込む。束ねていた髪も解いて椅子に座ると、歪《ゆが》んだソースの模様が目に入って溜息が出た。

「戻って来るまでにはと大口を叩いていたのに」

ちっとも集中できない。

自然に指先が頬に触れて……。お遊びみたいな軽いキスの感触を思い出す。

ランプの灯りを絞って、ひとりで練習していたときの明るさに調整する。戻ってきたゼスがここに来ない可能性だってある。油だってもったいないのに何を期待しているのか。

フォークを手に取って、食べる人のいないテリーヌに突き刺そうとしたときだった。

コンコン。

小さなノックの音に、驚いて振り返る。

「ど、どうぞ？」

声が掠《かす》れた。この時間に厨房の勝手口をノックする者など、ひとりしか心当たりはない。

ドアノブがゆっくりと回った。目が離せなくなって、不自然に振り返った姿勢のままドアが開いていくのを見守る。

「アイル」

その声が耳に届いた瞬間、はっきりと理解した。自分はずっとこの声を聞きたかった。

「ゼス」

待っていた。料理の練習にちっとも身が入らなくなるほど切実にゼスがここに来ることを。

「ああ、久しぶり」

にやりと笑ってゼスがアイルに向けて歩く。

一歩、また一歩と近づく距離を数えてしまう。座っていてよかった。そうでなければ、アイルはきっと駆け出していた。

高鳴る鼓動がゼスに聞こえてしまわないか心配で大きく息を吸う。

「お、テリーヌか。それは成功品か？」

「ち、違います！　これは失敗です」

慌ててフォークをテリーヌに突き刺す。そのままひとくちで自分の口に放り込んだ。

「ああっ！」

叫んだのはゼスだ。その声の大きさに驚いて、かなりの量をのみ込んだ。喉につっかえそうになって咳《せ》き込むアイルに、ゼスが近くにあったグラスを差し出す。

「久しぶりの料理を楽しみにしてきたのに、俺に食わせないからだ」

グラスを受け取ってどうにか残りを流し込む。それからすぐ近くにあるゼスの顔を見上げた。

「失敗作を食べさせるわけにいきません。戻ってくるまでにはと約束したのに」

「俺はアイルの料理を食べたくて来た」

ぱちりと目線が合った。優しく目尻が下がるのが見えて頬に熱が集まっていく。

ゼスがそこにいるだけで厨房がいつもと違って見える。この空間だけを切り取って、ずっとここにいたい。時間が止まってしまえばいい。

降参だ。いくら鈍くても、もう気持ちは否定できない。

ゼスが好きだ。

そう認めてしまった瞬間に、気持ちはすとんとアイルの胸に落ちた。まるでそこにあるのが当たり前のようにアイルの全身に広がっていく。

「ただいま、アイル」

ゼスの手が伸びてくる。ぼんやり見ていると、その手はアイルの髪をひと房だけ優しく握りこんだ。

「ゼス？」

その髪にゼスがそっと唇を落とした。

「ななな、何をっ！」

慌てて後ずさるが、椅子に座ったままだ。がたん、と大きく椅子が動いてバランスを崩す。

「アイル！」

逞《たくま》しい腕がアイルを支える。でも、ゼスは腕を怪我しているはずだ。それなのに無理はさせられない。咄嗟に手を伸ばしてゼスの体にしがみつく。

大きな音は、ふたりして床に倒れ込んだ音。

上になっているのはアイルだった。ゼスは床に倒れ込む寸前に、器用に体を入れ替えてしまった。

「だ、大丈夫ですかっ！」

咄嗟にしがみついてしまったのがよくなかった。ゼスには古傷があるのに！

「アイルを支えるくらいはできるぞ」

「そんなことは、しなくていいのです。私は床に転んだくらいで怪我なんてしません」

「そうか？　こんなに細いのに」

細い……。そう言われて、ゼスの腕が自分の体を捕らえていることに気がついた。

「うわっ！」

慌てて起き上がろうとするが、ゼスの腕が離れない。反動でゼスの逞しい胸に倒れ込んでしまって焦った。

「はっ、離してください！」

「嫌だね。久しぶりのアイルだ」

ぎゅうと抱き寄せられて頭が真っ白になる。

「ああのっ、ゼスっ」

体温が高いのは、自分なのかゼスなのかわからない。大きすぎる鼓動がゼスに届いてしまいそうでぎゅっと目を閉じる。

「俺のことを考えてくれていたか？」

　耳元で囁かれて、息が止まるかと思った。

「かっ、からかわないでください！」

「からかっていると思われているなら、心外だな」

　ゆっくりと腕が解かれて、アイルは慌てて立ち上がった。ゼスは体を起こして、そのまま床にあぐらをかいて座る。

「なあ、アイル」

「は、はい？」

　アイルは、すっと一歩だけ後ろに下がる。この暗がりでは、その一歩の距離を離れるだけで相手の顔色がわからなくなる。こんなに赤くなった顔をゼスに知られたくない。

「俺はずっと考えていた。アイルの……」

　もう一歩くらい離れた方がいいだろうか？　さっき認めたばかりの気持ちが飛び出してしまいそうで落ち着かない。

「アイルの、料理について」

「は……、え？　料理？」

　ゼスの言葉に力が抜ける。

　料理？　アイルの料理を考えていた？

「これほど食べたくて仕方なかったのに、目の前で食べるなんてひどいじゃないか」

なるほど。さきほど抱きしめてからかったのはアイルが料理を食べてしまったことに対する腹いせか。

「……」

アイルはゆっくり深呼吸する。焦っていた自分が馬鹿みたいだ。

「簡単なものでいいから、作ってくれよ。腹ペコだ」

「いいえ！　もう帰るところでしたので！」

ずっと待っていた。ゼスが無事に戻って来ることだけを祈っていたのに、からかうとは。

作ってなどやるものかと机の皿をとって、洗い場に持っていく。

「アイル」

優しい声で呼んでも無駄だ。

溜めていた水で食器を洗う。一枚だけだし、汚れの落ちやすい陶器の皿だ。あっという間に終わって、布巾《ふきん》で綺麗に水気をとった。

「アイル、頼みがある」

「聞きません」

陶器の食器棚は、厨房の一番左端だ。あまり使うことのない皿は、厨房の動線の邪魔にならない場所にある。

「そう言わないでくれよ」

立ち上がったゼスが灯りを持ってついて来る。慣れた厨房だが、持っているのは高価な陶器の食器だ。正直言うと、助かった。

「明日、弁当を作ってほしい」

棚の扉を開けたところで動きが止まってしまった。

「ふたりぶん。一緒に出かけないか?」

かちゃん、と食器のぶつかる音がして慌てて皿が欠けていないか確認する。焦って手元が乱暴になってしまった。

「い、一緒にですか?」

無事だったことを確認して、今度は慎重に棚に戻す。

「午前中ならどうせ市場に行くだろう。俺も行くから、その後に昼を一緒に食べよう」

午前中に市場に行くことを話しただろうか。他愛のない会話のなかで言ったような気もするが、ずいぶん前のことだ。

「大丈夫だ。ちゃんと夕食の仕込みまでには戻ってくる」

当たり前だ。アイルがいないと、下ごしらえが進まない。

「頼むよ。今日のところはアイルの料理が食べられなくても我慢するから」

ゼスとお弁当を食べる光景が頭に浮かぶ。

市場の南には、小さな芝生の公園がある。そこでは恋人たちが肩を並べて座っているのをよく見かけた。その中にアイルとゼスの姿があることを想像して再び頬が赤くなる。

「それと、明日アイルが市場で買う食材は全部俺が買う！　海鮮でも、高価な香辛料でも！」

先日、市場に行ったとき新しい香辛料の店が出来ていた。行商人の出す店だったから、いつまであるかはわからない。見たことないものがたくさんあって、値段を見て諦《あきら》めたものもある。

「ほ、本当に？」

「ああ。いつもの礼だ」

城の厨房で使う食材は決まった商人が運んでくるため、市場で買うものはアイルの練習に使うものばかりだ。そしてそのほとんどがゼスの腹に消える。

「じ、じゃあお願いしてもいいですか」

「もちろんだ」

ゼスは市場に行ったことがあるだろうか？

長い間戦争に行っていたし、戻ってからは怪我の治療をしていたというからそんな機会はなかったはずだ。だとすれば、楽しんでもらいたい。

まずは海鮮を扱っているお店に行こう。蟹《かに》がいれば、その見た目に驚くはずだ。色とりどりの魚や、貝も楽しい。アイルも王都に来てから初めて見たものが多くてワクワクした。

それから肉を取り扱う店。ゼスにお気に入りの肉を選んでもらおう。いつも一方的にこちらが作ったものを食べてもらっているが、ゼスの好きな料理を作ってみるのもいい。

「アイル」

市場でやりたいことを考えていると、楽しくて目の前にいるゼスのことを忘れていた。

「明日、楽しみにしている」

「ええ、私も」

自然に頰が緩んだ。


翌日はよく晴れていた。朝九時は市場に行くには遅い時間だが、待ち合わせには早い。ゼスは寝坊していないかと心配しながらアイルは噴水の前にいた。

第三騎士団の寮は城の内門と外門の間、城の西側に位置する。

戦争時に作られた第三騎士団のために急遽《きゅうきょ》用意されたもので、建てられたのも戦争が終わってすぐの二年前のことだ。隣接する訓練場も長年使われていなかった馬場を転用したもので、便利な場所ではない。

アイルのいる噴水は、魚が尾びれで立ち上がった独特な格好のものだ。外門と寮を繫《つな》ぐ道筋にあって、目印にはなる。だが、吐き出す水がじょうろの先から出ているような不格好さで、風情があるとは言いがたい。恋人同士の待ち合わせには不向きだった。

「でっ、でも恋人ではありませんしっ！」

誰に言い訳するわけでもないのに大きな声がでた。噴水からは、どぼどぼと大量の水が流れていて音まで情けない。

昨日は弁当のことを考えていてあまり眠れなかった。

「い、今までは練習用だけでしたから」

だから今日は初めて作るゼスへの料理かもしれない。いや、今までも練習など言い訳だった。好きだと自覚したとたん、その想いはずっと前から自分の中にあったのだと気づいた。

ゼスを待っているだけなのにそわそわする。多すぎるひとりごとは今日のことをぐるぐると考えてしまうからだ。

食材は自分の昼食用に用意していたものを使って、足りない分はパンを焼いた。パンを焼くのは久しぶりだったが、木の実を練り込みチーズを入れて焼いたパンは我ながらうまくいった。

アイルのパンを食べたいと言っていたゼスなら喜んでくれるはず。食べてくれるときの笑顔を想像しながら作ったパンは自分の気持ちが形になってしまったようで不思議な気分だ。

「悪い、遅くなった」

後ろから声が聞こえて振り返る。

明るい日差しのなかでゼスと会うのは初めてだ。いつも薄暗い厨房《ちゅうぼう》で、真っ黒の服しか見ていないが、今日はどんな格好で……。

「え？」

振り返ったまま、アイルは固まった。

「待ったか？」

「えええええっ？」

驚いて、せっかく作ったお弁当を落としてしまうところだった。慌てて駆け寄ってきたゼスが支えてくれたおかげで無事だったが。

「髪っ！」

切ったどころの話ではない。いつもは前髪で隠れていた目元が露《あら》わになっている。おまけに髭《ひげ》まで綺麗《きれい》に剃《そ》られて、もっさりとしていた面影はどこにもない。

「ゼ、ゼスっ？　本当に？」

髪をかきあげたところは見せてもらったことがあるが、日の光の下で見ると改めてその整った顔が際立っていた。短く切られた黒髪は精悍《せいかん》な顔立ちによく合っている。茶色の優しい瞳がまっすぐにアイルに向けられていて落ち着かなくなった。

「別人みたいです」

「そうか？」

しれっと答えるが、絶対に狙《ねら》っていた。その証拠にアイルの驚きを見て顔がにやけている。

白いシャツに、黒いズボン。ズボンとそろいの黒いベストは仕立てがよさそうな品だ。腰の

剣はいつもと同じだが、格好が違うとそれさえもよく見えてくるから不思議だ。

アイルは生成りのシャツに茶色のズボン。同じものを三つ持っていて、それを着まわしているためにいつも同じ服。すっきりとしたゼスの隣に並ぶには物足りなくて足が動かなくなる。

「アイルの私服も動きやすそうでいいな」

もうそれだけを考えて選んだ服だ。白いシャツではなくて生成りのシャツを選んだのも汚れが目立ちにくいから。茶色のズボンはひょろりと高い身長のせいで余計に細く見える足を誤魔化すために色々と探し回って、これだと決めたものをまとめ買いしただけのもの。

「隣を歩くのが恥ずかしいですね」

「どうして？」

バスケットは支えたついでにゼスに取られてしまった。鍛えているゼスにはバスケットの重さなどなんでもないはずだと任せることにする。

「ゼスがかっ……」

格好いいからだと零《こぼ》れそうになった言葉を慌ててのみ込む。

ゼスは卑怯《ひきょう》だ。

あんな言葉を言い残して遠征に行って、戻ってきたらアイルを誘う。おまけに、お出かけだからと髪を切って驚かせる。これではアイルの心臓がいくつあっても足りない。

「なんでもありません！　早く行きましょう。市場は早い方がいいです」

誤魔化すように大きな声を出して歩き始めた。

市場までは城から歩いて四十分ほどだ。城の周囲には貴族の屋敷が多く、そのひとつひとつが大きいため、そこを抜けるだけでも時間がかかる。そして貴族の屋敷を抜けた後は、高級な店が立ち並ぶ通りに出て、市場はさらにその向こうだ。

ゼスとなら歩く時間も苦にはならないが、城から出る乗合い馬車を使うことにした。

髪と髭がなくなったゼスは人目を引く。なんだか別の人といるようで緊張してしまう。

「どうして急に髪を切ったのですか？」

馬車に揺られながら尋ねると、ゼスはにっこりと笑った。

「アイルとデートだから」

さらりと言われた言葉に、かっと頬が熱くなる。

お弁当を持ってふたりで出かけるとなれば、それは確かにデートだ。

「あああ、のっ、ゼスが付き合ってほしいところってどこですか？」

慌てて話題を変える。デートだと意識したとたん、おかしくなってしまいそうだ。

「ああ、あとで話す」

ふっと一瞬、ゼスの表情が強張《こわば》った。何か緊張するようなことでもあるのかと首を傾《かし》げる。

「それより、市場でお勧めの美味しいものはあるか？」

「ええ、それはもちろん」

市場には楽しみ方がある。馴染《なじ》みの店の食材を見て回るだけでももちろん楽しいが、店の中には食材を料理して食べさせてくれるところもあるし、出来合いの食べ物を売る店ばかりが集まった一角もある。

アイルが話を始めると、ゼスの表情も和らいでいく。

あの店の串《くし》焼きは外せないだとか、果実水はあそこの店に珍しい味があるのだとか。そんな話をしながら、今日一日がどれほど楽しいものになるのかを考えるとワクワクが止まらなかった。


午前十時を過ぎてもまだ市場は賑《にぎ》わっている。玄人《くろうと》向けの馴染みの店は見当たらない時間だが、代わりに他の店が商品を並べていて知っている市場のはずなのに新鮮に思える。

「蟹《かに》は横向きに歩くのだが、見たことはあるか？」

海鮮を取り扱う店にはアイルの手のひらよりも大きな甲羅の蟹がいた。桶《おけ》の中で両足を縛られている姿を最初に見たときは驚いて叫んでしまったくらいだ。

「横……？　蜘蛛《くも》のような足だから同じような動きでは？」

「いいや。こいつらはすごい速さで横に動く」

大きな蟹がざーっと横に動いていく様子を想像してみるとどこか滑稽《こっけい》だ。

「こいつは後ろ向き」

　ゼスが指さしたのは大きな海老だ。海老の動きはアイルも知っているが、これほど大きな海老がひゅんと後ろに逃げていくのもまた面白い光景だ。

「横に後ろにと、忙しいものですね」

「ははは。海鮮は逃げ方を心得てないと人間に食べられちまうから！」

　店主の声に、顔をあげると大きな二枚貝を手渡される。扇のような形の白い貝だ。

「こいつも海の中で泳ぐぜ？」

「泳ぐ？」

　驚いて上から見たり、横から見たりしてみるがどうやって泳ぐのかさっぱりわからない。

「ゼスは貝が泳ぐのを見たことがありますか？」

「いや、さすがにないが、聞いたことはある。こう、口をパクパクさせて移動するらしい」

「パクパク……？」

　ぎゅっと閉じた貝の口を覗《のぞ》き込んでみるが、これがパクパクしたところで泳げる理由がわからない。

「美味しいと大変ですね」

　きっとこの貝も美味しいがゆえに逃げるのに必死なのだと結論づけると、店主とゼスがそろって笑った。

海鮮の店では貝と海老を届けてもらうように依頼して次の店へ移動する。

ゼスは蟹もと言いかけたが、それほどたくさんの海鮮を保管するのは難しい。また次回にと諦《あきら》めてもらった。

「次は?」

「あっちに珍しい香辛料を扱う店が開いていたのです。ゼスは辛いのは平気ですか?」

先日、来たときに初めて見た店だった。異国の民族衣装を着た店主が大丈夫と言うのを信じて試した香辛料が思いのほか辛くて驚いた。だが、辛さの中にも旨味《うまみ》が凝縮されていていい香辛料だったから、ぜひゼスにも試してほしい。

「どうかな。唐辛子たっぷりの料理は苦手かもしれない」

その答えに戦争時によく見た料理を思い出す。兵士の食事には日持ちをさせるために香辛料に漬け込んだものも多かった。

あまりいい記憶ではないかもしれない。でも保存のための香辛料とはまた別の美味しさもある。

「たっぷりでなくて、少しぴりっとするくらい。味のアクセントに使います。色々試してみましょう」

ぱっとゼスの手を取って引っ張って……それから、自分が今、何をしているのかに気がついた。

「あっ、あのっ！」

勝手に触れると嫌がられるかもしれないと慌てて離すが、今度は逆にゼスがアイルに向けて手を伸ばす。

「あっちか？　案内してくれ」

人が多いからだとか、方向がわかりにくいからだとか頭の中で理由をつけてみても意味はない。ただ手を握りたい。伸ばされた手に触れたい。

「はい」

躊躇《ためら》ったのは一瞬で、改めて触れたゼスの手はアイルのものよりずっと大きくてごつごつしている。

ぎこちなく歩くふたりは、傍《はた》から見ればどんなふうに見られているか。

恋人のように見えていたら嬉《うれ》しい。そう考えるだけで、鼓動が大きくなる。

すれ違う女性がゼスに目を留めたのが視界に入る。だが、ゼスはそれに気づいた様子がなくてほっとする。

今のゼスは格好いいですが、昨日までは髪も髭も伸び放題でぼさぼさだったのです。

つい、そう叫びたくなる。

それはきっと独占欲だ。格好いいゼスを誰にも見せたくない。誰の視界にもいれたくない。

繋がれた手にぎゅっと力を込める。

「かまわないのでしょうか」

自惚《うぬぼ》れでなければ、ゼスも好意を向けてくれている。

このまま、ゼスを好きでいていいのか。

自信がもてないまま、口にすることもできない。恋などしたことがないアイルに、正解はわからないままだ。


「昨日は楽しかった」

翌日の夜の厨房で、海鮮料理に舌鼓をうつのはゼスだ。

結局、買ってもらった海鮮はゼスのお腹に消えていく。ただ、昨日は量も多かったので今日のまかないにも使った。大きな二枚貝と海老を使ったパスタにガルは泣き出しそうなほど感動していた。

「ええ。ゼスがお弁当を失くさなければ完璧《かんぺき》でした」

「あれは申し訳ない」

真剣に謝るから、怒った顔は作り損ねて噴き出してしまう。

ゼスの要望で早起きして作ったお弁当だったが、ふたりで市場を回っているうちにゼスがお弁当の入ったバスケットを失くしてしまった。ゼスでもそういうことがあるのかと意外だったが、夢中になるほど楽しんでくれていたのだと思うと嬉しさも湧いてきた。

「いえ、でも市場で食べ過ぎてしまいましたので、お腹には入らなかったかもしれません」

串焼きの店でゼスが注文しすぎたのが悪い。それから、すぐ後にスイーツを食べようと言い始めたのも。

「私の料理以外は美味しくなかったのではないのですか？」

「あれは、アイルが一緒だったからだ」

慌てて言い訳をするようなところも、憎めない。

回った店を調べてみたがバスケットはついにみつからなかった。結局、仕込みの時間が近づいてきて、ゼスが行きたいと言っていた場所には行けないまま戻ることになってしまった。

「せめて誰かが美味しく食べてくれていればいいのですが」

「それはそうだろう！　アイルの料理は美味いのだから！」

当然のように言われて悪い気はしない。

「アイルに話したいことがある」

すっと居住まいを正したゼスがまっすぐにアイルを見つめてどきりとした。

ゼスが遠征から戻ってきてアイルはずっと浮かれている。このふわふわした気持ちを言葉にしたいような、したくないような。それはこの胸にあるだけで幸せな想いだ。

もしゼスも同じだったら。

そうしたらアイルは宙に浮いてしまうかもしれない。

ゼスが話そうとしているのはそのこととは限らないのに、期待している自分がいて恥ずかしい。

「座ってくれるか」

正面の椅子を指されてそっと腰を下ろす。ゼスはどこか落ち着かない様子だ。

恋人になってくれと言われたら、どう答えよう？　ふわふわしたまま、じっとゼスを見つめる。

ゼスはごほんと咳払《せきばら》いして、口を開いた。

「まずは弁当の件。本当にすまなかった」

「いえ、もうそのことは……」

昨日の楽しい思い出のひとつだ。もう何度も謝罪は受けたし、改まることでもない。

「いや。きちんと謝らせてくれ。実はあの弁当は、失くしたのではない」

頭を下げるゼスが続けた言葉が意外で、首を傾げる。

うっかり失くしてしまったと焦っていた。それにふたりで市場の中を探し回ったし、さっきもその話をしていたのに今更失くしていなかったとはどういうことなのか。

「アイルは、第三騎士団の回復が早くて有名なのは知っているか？」

急に別の話を振られて戸惑うが、第三騎士団の回復については聞いていた。

他の騎士団からは粗暴だから怪我もしないとさんざんに言われているが、城の中にいる騎士たちとは基礎的な体力が違うというのが話の真相のはずだ。

「え、ええ。戦争を経験しているからだと……」

顔をあげたゼスがゆっくりと首を横に振る。

「他に要因があるのではと調査が入ることになっている」

驚いて身を乗り出した。調査が入るほど、大きく違うとは知らなかった。

「まずは食べ物から。おそらく、ここで出しているものや水などを中心に調べられる」

別におかしなところはないと厨房を見渡す。城には上水道が引かれていて、この厨房も水道を捻《ひね》れば水が出るようになっている。ここだけ水源が違うという話は聞いていない。

「食材も業者が届けてくれるものを使っていますし、他の食堂と変わらないと思いますが」

アイルにとっては見慣れた厨房で特別なことは何もない。

「いや、違う。ここで料理を食べて古傷が治った者がいる」

「偶然じゃないですか?」

ゼスはきっと大げさに言っている。だいたい古傷があるのに、第三騎士団などという危険の多い騎士団にいる人なんて……。

ふと、目の前のゼスに視線が向いた。

「まさか」

ゼスは古傷があると言っていた。

ぶつかった視線は逸らされることなく、まっすぐにアイルを見つめ返す。

「ああ、俺だ」

驚いて言葉を失った。

「討伐で、剣を振るう機会があった。いつもならすぐに握力がなくなって、痛みが走る。それがいつまでたっても現れない。結局俺は、最後まで剣を握って立っていた」

ゼスの症状がどういうものかは聞いたことがなかった。話したければゼスが自然に話してくれることだ。それを待っていればいい。話したくなければそれでもかまわない。

もしアイルが何かの事故で料理ができなくなれば、アイルも生きる目標を失う。料理と同じにすれば笑われるかもしれないが、支えとなるものはそれほど大切だ。

「体の調子が良くなっていたことはわかっていた。前にも言ったとおり、俺はアイルの料理以外はろくに口にしていなかった。他の要因は考えにくい」

「ゼ、ゼスの古傷がよくなったのなら言うことはありませんが、それがこの厨房のせいだなど」

きらきら光る水が出るのだとか、神様のお告げがあったのだとかいう話も聞いたことはない。本当に普通の厨房だ。

「正確には、アイルの料理だと思っている」

「私、ですか？」

声が裏返る。座っていてよかった。ゼスの話は眩暈《めまい》がしそうだ。

「イゼスの出身だと言っていたな。戦時中から、あの町で食事をすると体の調子がいいと噂になっていた。そのときはただ、休暇を取った連中が大げさに言っているのだろうと調べもしなかったが……。アイル、お前はあの町でも料理をしていた」

「それは、そうですが……」

確かに故郷の町で実家は定食屋をしていたのだから、料理はしていた。多くの兵士がアイルの料理を食べたはずだ。

「どうしてここで働くことになった？」

ゼスの声に真剣な響きが含まれて、ごくりと唾《つば》をのむ。

「料理の修業に王都に出ると言ったら、ちょうど引き上げるところだった方がこちらで働かないかと」

「そいつは知っていたのではないか？」

矢継ぎ早に聞かれて混乱する。

「アイルの料理に回復の力があることを」

先ほどまでは濁していたものが、はっきりと回復の力だと指摘されて狼狽《うろた》える。

「そんなはずは……」

ただ、新しい騎士団ができてその宿舎も新築されるから人手がいると聞いた。その騎士は常連の中でも信頼できる人だったので、家族もそれならと送り出してくれた。

『アイル、付け合わせは多めで頼むよ。今日は疲れたから』

増量をお願いされる付け合わせ。ただ、料理をほめてくれていると受け取っていたが違う意味があったのか。

『俺のも増やしておいてくれ。アイルの料理を食べると不思議と体が軽くなるからな。王都に来てくれてよかったよ』

ゆっくりと首を横に振る。違う。そういう思惑はなかったはずだ。第三騎士団の者たちはそれほどうまくアイルを誘導したりしない。もし、回復の力があるとわかっていたのなら、まっすぐにそれを伝えてくれたはずだ。

「みんなは、私の料理を美味しいと」

「もちろん、美味しい。でもそれだけではないのは確かだ」

やけにはっきりと断定する言葉に不安になる。ゼスは、アイルの力だという根拠があってこういう話を始めたのか？

「話は戻るが、俺はアイルのお弁当を失くしたのではないと言った」

その後の内容が内容だったので、すっかり忘れていた。最初はそれも楽しい思い出のひとつだと笑っていたのに。

「実は神殿で、本当に回復の力があるかどうかを調べてもらった」

「え？」

驚いて立ち上がった拍子に、がたんと椅子が倒れる。ゼスは冷静にその椅子を元に戻して、アイルをゆっくり座らせてくれた。

「もし回復の力がなければ、ただ失くしたことにして黙っていようと思っていた」

それでは、今こうしてゼスが話しているのは……？

聞きたくなくて耳を塞ぎたい。アイルに告げずにアイルの料理を調べたことにもショックを受けたが、それより食べたいと言っていたじゃないか。

「私の、お弁当が食べたいって」

だから、早起きしてがんばったのだ。ゼスが食べたいと言うから、彼がひとくち食べたときの笑顔を想像して。

「本当にすまない。だが、アイルの料理は、食堂で出ていたものよりも俺に作ってくれていたものの方が効果が高いようだった。それを調べるためにも、俺のために作ったものを調べる必要があった。言わなかったのは変に意識して効果が変わってしまうことを防ぐためだ」

昨日は楽しい一日だった。

ゼスがお弁当を失くしてしまったけれど、ふたりで巡る市場は、ひとりでまわるときよりもずっと新鮮だった。手を繋ぐということだけで、これほど胸がたかなるものなのかと嬉しかったのに。

「お弁当を作らせるために、私を誘ったのですか？」

「それは違っ……！」

「違わないじゃないですか！」

声を荒らげると、ゼスがぎゅっと唇を結んだ。

こんな風に責めたいわけじゃない。だが、動揺した心のままでは本当に聞きたいこともわからない。思い浮かんだ言葉だけが、考える間もなく口から飛び出して行く。

「私を試したかっただけですか？　いつから、私にそういう力があると？」

「……遠征に行く前から、ここまで体の調子がいいのは何かあると思っていた。古傷が治っているとわかって、確信した」

ゼスが美味しいとアイルの料理を食べていたのは、そういう理由だったのか。

体の調子が、どんどん良くなって自然に笑顔が増えただけ。

一緒にいることが楽しいと感じていたのはアイルだけで、ゼスの気持ちはまったく違うところを向いていた。

「俺の傷は、二年も治療を続けても治らなかった。それがこの数ヶ月足らずで自然に治ることはあり得ない」

おかしいな。

アイルはぎゅっと目を閉じる。

料理で色々な人を笑顔にしたかった。その料理に回復の力があるというのなら、笑顔にできる人は増える。可能性はたくさん広がったはずなのに、胸にぽっかり穴が開いたみたいだ。

「すまない、騙すような真似《まね》をして」

ゼスの言葉に頷くことも首を横に振ることもできなくてアイルはうつむいた。

「明日、神殿に行ってもらえるか？　神殿長から詳しい話をしてくれる」

「昨日行きたかった場所は……」

「ああ。神殿だ。早くはっきりさせた方がいいと思って」

お弁当も、デートもただ嬉しかった。食べてもらうことはできなかったが、それも楽しい思い出のひとつになったはずだった。

「どちらも理由があったのですね」

ゼスが食べたかったわけじゃない。ふたりで出かけたかったわけじゃない。その事実が、ずしんと心に響く。

「それはそうだが、誤解しないでほしい。弁当を食べたかったのも、アイルと出かけたかったのも事実だ」

必死な言葉なのに、どこか遠くでしゃべっている言葉みたいにはっきりと聞こえない。

「いえ、かまいません。私とゼスでは立場も違いますから」

声が掠《かす》れる。

笑顔は精一杯、作れただろうか？

「すみません、今日はもう休みたいので帰っていただけますか」

こんな言葉をゼスに言う日が来るとは。ゼスが来るときはいつも楽しくて、時間が止まってしまえばいいと思っていたのに。

ふわふわと落ち着かなかった気持ちがあっという間にしぼんでいく。

「アイル」

ゼスの声にも力がない。アイルを気遣ってくれているのはわかるが、今はそれに感謝する気にはなれなかった。


目に映るのは、毛足の長い絨毯《じゅうたん》。座っているのは、白い大きなソファ。目の前には一枚板の見事な細工のテーブルがある。

一昨日ならばゼスと海鮮を見ていた時間だ。アイルは時計を見て溜息をつく。

「広い部屋……」

ここひとつで、第三騎士団の食堂がすっぽり収まってしまうのではないかと思えるほどだ。目に入る調度品のどれもがアイルには不相応に立派で、居心地が悪い。

「王都の神殿は豪華ですね」

ゼスから神殿に行ってくれとは聞かされていたが、まさか朝から迎えの馬車が来るとは思っていなかった。

ここは王都の中心にある神殿だ。

太陽を司《つかさど》るキルア、月を司るキリアの双子の神を祀《まつ》るキルリア教はこの国と近隣各国に昔から根付いている。

アイルは朝に産まれたので太陽神キルアの祝福を受けた。夜に産まれた者は月神キリアの祝福を受ける。結婚式や葬式なども神殿で行うために、一般市民から王侯貴族まで馴染みの深い宗教だ。

キルアとキリアは一対の神。光と闇、善と悪、相対する者は互いに影響し合うという教えがあるために、正義をただ正義とせず、悪もまた悪としない。

神官たちは常に物事の真理を問い、争いがあっても互いの言い分を聞く中立的な立場を保っている。そのため、町で起こった争いは役所に行くよりも神殿で話をつけてもらうことの方が多かった。

そしてそれは民の間だけではなく、国同士の争いにおいても同じだ。各国に神殿があり、事情に通じる神官たちが仲裁に乗り出すと、どの国も無視することはできない。そうして未然に防がれる争いもあり、キルリア教は大きな信頼を得ている。

体が沈み込むような上質なソファの座り心地に落ち着かなくて、アイルはきょろきょろと周囲を見渡した。

「おかしな格好ではありませんよね」

よそ行きの服などはもっていない。いつもの生成りのシャツに、慌てて借りた丈が短めのジャケットを羽織ったが、鏡で確認するような暇はなかった。

「失礼いたします」

部屋の扉からノックの音が聞こえる。

入ってきた神官を見て急いで立ち上がった。

人数は全部で五人だが……、先頭に歩く神官の服が明らかに上位神官のものだ。

神官の地位は、袖《そで》の長さや裾《すそ》の長さ、それから刺繍《ししゅう》の複雑さで表される。全体的に白で纏《まと》められた服は、袖も裾も長い。服と同じ白い糸で施された襟の模様は刺繍に詳しくないアイルでもわかるほど見事だ。

「楽になさってください」

まっすぐに伸びた青く長い髪に、同じ色の瞳。年齢はアイルより少し上に見える。まだ若いのに上位神官の服を纏っているとはよほど優秀な人だ。

勧められるまま、ソファに座りなおす。

アイルの正面に座った青い髪の神官以外の人たちは、ソファに座らずに立っている。

「あの……」

「まずは自己紹介を。私はウェイン・ベルクと申します。ここでは神殿長を務めさせていただいております」

神殿長といえば神殿で一番偉い人だ。

驚いて背筋がピンと伸びる。普通なら、アイルが一生会えないような身分の高い相手だ。

「わ、私はアイルと申します。城で料理人を」

「そうかしこまらないでください。王都の神殿は総本山でもあるので、上に神官長様や教王様もおられます。実務ばかりおしつけられる下っ端なのですよ」

そうは言うが、下っ端と呼べるような雰囲気の人ではない。座っているその姿からですら気品が漂ってくる。

「アイルさん、すでにお聞きお呼びのこととは思いますが、貴方の作られた料理からは治癒、および回復の効果が認められました」

改めて言われると、膝《ひざ》の上の両手に力が入った。

「どうして、わかるのですか？」

「治癒や回復の力は神の元に存在するものです。神殿長などという立場にいましたら、そういう気の流れが見えるのです」

それならば、アイルの料理に力があるというのはもう確定だ。

神殿長という立場の人が言い切ったとあれば、アイル自身に自覚がなくても間違いだったということはない。

「アイルさん、今までそう感じたことはありますか？」

「いえ、一度も……」

治癒や回復の効果があると言われても戸惑うばかりだ。

「料理をした後に疲れやすいとかいったことは？」

「料理は昔からしていましたし、疲れると思ったことはありません」

神殿長のウェインは目が合うとにっこりと笑う。

「アイルさんは城で料理人をなされているとか」

「は、はいっ」

「では今後の身の振り方を考えましょう。治癒の力を高めていくためにはいったん、神殿に所属していただいて……」

「ち、ちょっと待ってください！」

さらりと言われた言葉を慌てて止める。

「何か不都合がありますか？」

「私はまだ料理人として一人前ではなくて、城で習うこともたくさん残っています。そんな状態で離れることは考えられません」

ウェインは大きく頷いてくれているが、常に笑顔を張りつけたような顔からは表情が読み取れない。

「なるほど。では所属は城のままですか。わかりました。それでは能力について色々と調べたいこともございますので、まずは週に二回ほど神殿に来られるのはいかがでしょう?」

週に二回という回数にアイルは青ざめる。

今までも、厨房の人数は足りていない。その上、ジグザも中央の厨房へ行くことが多くなった。

その中で週に二回もアイルが抜ければたちどころに厨房は回らなくなる。

「治癒能力は貴重なものです。それが料理に付与できるとなれば、いったいどれほどの人間がその恩恵を受けられるかわからない。料理人の代わりはいくらでも補充できます」

代わりは……。

アイルはぐっと眉根を寄せる。

確かにアイルはまだ一人前とは言えない。その代わりくらい、いくらでもいる。だが、それではまるでアイルが今まで学んできたことが無駄みたいだ。

「すみません、あの……私にはまだ状況がのみ込めないのです」

消えそうな声にウェインはゆっくり頷く。

「ええ、そうでしょう。アイルさんの力は貴重なものです。ですから、よく考えてくださいね。

その力は今のままではもったいない。誰かの役に立てるべきです」

「役に……」

「ええ。話に聞いたところ、アイルさんの力は一定ではないようです。多くの人のために作るよりは誰かのために作ったほうがより良い効果を得られる。感情にも左右されるのではないでしょうか」

　どう答えるべきかもわからない。アイルに誰かを治癒したり、回復させていたという実感はない。感情に左右されてどうなるというのか。

「治癒能力を持った方は、そう多くありません。ですが、いくらかはこの神殿に記録が残っております。そういったものを一緒に調べて、より能力を高めていければと思っております」

　神殿長などという立場のウェインからここまで言われては、断れるはずもない。

「……ごめんなさい。今は、何も考えられない」

　それだけを言うのが精一杯で。

　どうやって挨拶《あいさつ》をして、どうやって部屋に戻ったのか。それさえもわからなかった。


　目が覚めると、自分の部屋だった。

　翌日の朝だ。

朝だから、当然夜もあったはず。だが、アイルの記憶は神殿にいたところから曖昧《あいまい》だ。神殿が用意してくれた馬車に乗って戻ったことも、顔色が悪くてイワンから今日は休めと言われたことも覚えているが、そのすべてが頭にぼんやりと霞《かすみ》がかかったみたいにはっきりとしていない。

「治癒に回復」

まったくもって現実離れした話だ。

アイルは普通の料理人で、ただ人を笑顔にしたいだけだったのに。

「アイル、いるか」

そのとき、ノックと共に声が聞こえた。料理長のイワンの声だと気がついて、慌てて寝台から起き上がる。

「はい、すぐに開けます」

部屋まで来てくれたイワンをいつまでも扉の外に立たせておくわけにもいかない。

部屋に招き入れて、小さな丸テーブルに案内する。

「昨日は突然、すみません」

イワンと向かい合わせで椅子に座る。飲み物のひとつでも出したいところだが、今日はお湯の準備もない。

「いや、代わりの人員を回してもらったから大丈夫だったが……」

　こんなことは初めてだ。初めて自分から、仕事を休んでしまった。

「辞令が出た。アイル、おまえは今日付で中央の厨房に移動となる」

「え？」

「もう、聞いただろう？　お前に治癒の力があると報告された。ひとまずは中央の厨房でお前の能力がどれほどのものか確認したいと」

「そんな。私に、力など」

　まだまだイワンのもとで学びたいことがたくさんある。

「まあ、いいじゃないか。中央の厨房なら、たくさんの食材にふれることもできるし、ここにいるより多くのものを実戦で学べる。いい機会だと思え」

「ですが」

「アイル」と、イワンが遮った。

「わしら、身分のない者は上の者に逆らうことはできん。だが、こちらはこちらの知恵でうまく立ち回って、逆に利用することはできる。重く考えなくていい。お前は王都に出てきて、ここで働くようになってたくさんのものと出会ったはずだ。職場が変わるとまた新しい出会いがある。いいところだけうまいこと吸収してくれればいい」

　イワンの言うとおりだ。

　もうすでに出てしまった辞令に逆らうことはできない。

それより、以前は遠くからしか見ることのできなかった料理の近くに行く機会を得たと喜ぶ方がいい。

「ありがとうございます」

口角をくっとあげると、イワンが笑ってくれる。

「中央の厨房で働く者の寮は東だから真反対だな。ひとまず、その顔をどうにかして中央の厨房の料理長に挨拶に行け」

「は、はいっ」

疲れた顔のままではいけない。これから色々教わる相手に悪い印象は与えたくない。

「安心しろ、お前はきちんとした料理人だ。ちゃんと実力を見てもらえさえすれば、重宝されるに決まっている」

イワンに言われると心強い。

まだわからない治癒の力に、気持ちを自覚したゼスのこと。問題は山積みだが、それよりもこれは確かにチャンスだ。自分で買って練習するしかなかった食材を、実戦で使える。それにずっと城の料理に携わって来た人たちの技を間近で見られる。

難しくなんてない。ただ学ぶ機会が回ってきただけ。

「がんばります」

椅子から立ち上がると、イワンは大きく頷いた。

からだ。

「アイル！　スープはまだか！」

大きな声にびくついていては仕事にならない。厨房が忙しくなるのは夕方がすぎたこの時間からだ。

「できました、確認お願いしますっ！」

アイルが中央の厨房に来て一ヶ月が過ぎた。最初は第三騎士団の厨房との違いに戸惑ったが、徐々に慣れてきた。スープを任されるようになったのは一週間前で、今は一日中スープだけを作っている。

大鍋《おおなべ》に満たされたスープは、以前、晩餐会《ばんさんかい》の手伝いに来たときに見たカボチャのポタージュだ。

第三騎士団の厨房ではすべての工程にかかわらなければならなかったが、ここでは違う。前菜なら前菜、スープならスープだけ。ひとつに集中できるぶん、第三騎士団の厨房とはまた違った料理との向き合い方があって楽しい。

小さな皿に取り分けたスープを料理長に持っていく。

長いコック帽を被《かぶ》った料理長はアイルの父と同じくらいの年齢だ。大きな体に、ぽっこりと膨らんだお腹は今までどれだけ美味しいものを食べてきたのだろうと思わせる。

「いいだろう。次は皿の準備を頼む」

「はいっ！」

ほめ言葉はない。

いいか、悪いか。ただそれだけだ。

神殿には週に二回、通うことになっているが、職場が変わったばかりなのを理由にしてまだ三回しか行っていない。

当初は自分の力について身構えたものだが、神殿や治癒の能力について学んで、神殿長のウェインとお茶をして帰るだけだ。特別に力を必要とされることはない。おそらく、あちらもアイルの能力を見極めている途中だ。

これからどうなるかはわからないが、一生懸命料理をしている間は、余計なことを考えなくていい。忙しい中央の厨房は今のアイルに都合がよかった。

「調子に乗るなよ」

すれ違いざま、ぽつりと聞こえた声は気にしない。

突然、第三騎士団の厨房から抜擢《ばってき》されたアイルを妬《ねた》む声は少なくない。能力のことについては安全面から料理長以外に知らされてはおらず、それも仕方のないことだ。

城の厨房はいくつかに分かれているが、アイルがいた第三騎士団の厨房はその中で最下層と言っていい。そこから王族の料理も任されるこの中央の厨房に抜擢されることはあり得ない。

もし、それがあるとしても、他の厨房を経験して段階的に登ってくるのが通例だった。

今日のメインは白身魚のムニエル。ソースがクリーム色で、付け合わせは色の濃い緑の葉野菜。

この組み合わせで料理長が好む皿は、縁が波打った模様のない真っ白な皿。

目当ての皿を棚から取り出して、調理台に並べていく。ちらりとこちらに視線をよこした料理長が何も言わないから正解だ。

皿を並べ終えたあとは、配膳係のメイドに出来上がりの時間が近いことを伝えて、ぐるりと厨房を見渡す。手が足りていないところ、自分ができるところを考えて動く。

その動きさえ、ひとつの勉強だ。

コースの料理ではひとつひとつを出すタイミングも重要になる。それを間違えれば料理の状態も最善ではなくなってしまう。

覚えることが多すぎて、厨房に住みたいと思ったのは初めてだ。

忙しくてよかった。余計なことを考える間もない。

「アイル、終わったら一皿作れ」

「は、はいっ！」

声に緊張が滲《にじ》んだのは、料理長のこの声がけがアイルの料理を試してくれるということだからだ。

料理長は毎日、料理人にランダムに声をかける。一日の仕事が終わった後、声がかかった料理人は自信のある一皿を料理長に持っていく。

咄嗟《とっさ》に頭に浮かんだのは、城の伝統料理のひとつであるテリーヌ。

だが、実際にここで作っているのを見たことはない。

伝統料理は特別な時にしか作られないために、その工程を見ることができる機会は少ない。アイルが知っているのはちらりと遠目で見たものと、イワンから教えられた味。

イワンはかつて中央の厨房で働いていたことがある。どれくらいの地位にいたかはわからないが、伝統料理をひととおり作れることから長い間働いていたことは窺《うかが》える。

いまだに教えられたとおりに作っても、味は同じにならない。だが、試作を重ねてほとんどわからないほどに味が近づいてきた。料理長に助言をもらえれば、そのほんの少しが届くかもしれない。

「よし」

テリーヌだ。

そう決めて、アイルはきゅっと表情を引き締めた。

「……」

夜も更けた時間、アイルは第三騎士団の厨房にいた。もうすぐ二十二時の鐘が鳴る。

『これは偽物だ』

今日、中央の厨房で料理長に言われた言葉を思い出す。

『味は近い。これがきちんとした工程のもとに作られたものなら、もっと努力しろと言うところだが、違う。伝統料理はその工程も含めてのものだ』

『ですがっ』

『本来、料理は食べる人が喜べばそれでいい。美味しくなるなら決まった素材を使わなくてもいいし、新しい調味料や料理法はどんどん取り入れるべきだ』

『それなら』

『だが、伝統料理に関しては違う。私たちはこの料理を後世に伝えていかなくてはいけない。この料理は味を伝えるのではない。伝統を伝えていくものだ。それが理解できないのでは、お前にこの料理を作る資格はない』

工程どおりに作っても味が変わってしまう。それなら味を近づければいいと苦心していたが、伝統料理では使ってはいけない方法だった。

「わからなくは、ないのですが……」

アイルはもう第三騎士団の厨房で働いていない。厳密に言えば出入りをすることは許されないが、考え事をしたいのだとイワンに頼み込んでこの場所を借りた。

中央の厨房とは違う、古びた調理器具。でも手を伸ばせば必要なものにすぐ手が届く距離だ。馴染んだ空間にほっと息を吐く。

イワンに初めてこの料理を教わったときに書いたメモをじっと見つめる。

改めて同じ工程で慎重に作ってみたが、やはり味が違う。

「今度は中央で工程をしっかり見よう」

もしかしたら、抜けている箇所があるのかもしれない。ひとつひとつの工程をもう一度見直しながら、その可能性のある場所を考えているときだった。

かたん、と外で音がした。

はっとして扉を振り返る。

以前なら、そこをノックする人がいて……。

コンコンと響いた控えめのノックに、アイルは体を強張《こわば》らせた。

「アイル」

名前を呼ぶ声にそっと目を閉じる。

考えなかったわけじゃない。イワンが言ってしまったかもしれないし、彼がまだ前と同じように眠れないのなら夜の散歩をしているかもしれない。

あれから顔を合わせることはなかった。

中央の厨房に移動したことはゼスも知っているはずだったが、向こうからの連絡もないままだ。

「すみません、開けられません」

思ったよりもしっかりとした声が出た。よかった、震えてはいない。

「顔が見たい。話を聞いてくれないか？」

アイルはそっと扉に触れる。いいですよと答えて開ければいい。何もなかったような顔をして、今日の失敗を面白おかしく話して笑ってもらえればいいのにドアノブを見つめて息を吐く。

「すみません。今は……」

まだ気持ちの整理がつかない。

「俺は余計なことをしたか？　能力のことなど知らないままの方が幸せだったか？」

「いえ、違います」

幸せだったのは、ゼスがいたあの時間だ。能力のことなど関係ない。

今更、あの時間が戻ってこないことはわかっている。ゼスはアイルに力があることをわかって接していたし、試すようにお弁当を望んだ。

そこで信頼は崩れてしまった。

「治癒の力があるからと、中央の厨房に抜擢していただきました。学べることが多くて楽しいのです」

「だが、楽しそうな声には聞こえない」

それはゼスを失ったからだとは言えなくて唇を噛《か》む。

「アイル。入れてくれ」

「いいえ！」

はっきりと答える。今、この扉を開けてしまったらゼスが好きだと縋《すが》ってしまうかもしれない。

ゼスは……。ゼスも少なからず、アイルに好意を持っていてくれていた。だが、そうだとしても、気持ちを利用されるのは耐えられない。

料理に夢中になっていれば、いつかは友人として接することができるかもしれないが、今は無理だ。

「開けません。帰ってください」

声に力を込める。

「アイル、俺は……」

「帰ってください！」

聞きたくなくてさらに強く叫んだ。

「アイル。ではそのままでいいから聞いてくれ」

首を横に振るが、扉越しでは見えない。もう一度叫べばよかったのに、久しぶりに聞くゼスの声に心が揺らぎそうになる。

「俺は、お前に黙っていたことがある」

「……」

「いずれ、他からわかることだろうから先に俺の口から伝えたい」

息をのむような沈黙にゆっくりと顔をあげる。

「俺の本名はシャルゼス・グライアーだ」

シャルゼス・グライアー？

それは戦争の英雄の名前だ。治らない怪我《けが》を負って、第三騎士団の団長に任命された。

「ゼス……？」

治らない怪我。

第三騎士団。

ゼス。

シャルゼス・グライアー。

すっと線が繋がって、呆然《ぼうぜん》とする。

「シャルゼス・グライアー様？」

ぽつりとその名前を繰り返す。

扉一枚。だが、急速にそれ以上の隔たりができた気がした。

「だからといって、何も変わらない。アイルの前ではゼスだ。ただの、ゼス！」

戦争の英雄シャルゼス・グライアー。

戦争間際に負った傷が治りきらなくて、今になって第三騎士団の団長に……。

ああ、そうか。ゼスは嘘《うそ》を言っていたわけじゃない。第三騎士団の関係者だと言っていたし、古傷があると。戦争で活躍したから給料のもらえる職についたと。

嘘じゃない。そこには意図して隠していたものがあるだけだ。

「ゼスは、騎士団長のシャルゼス・グライアー様？」

声が震えた。

どうして気づかなかったのか。ゼスと言う名前もそうだし、他にいくつもの符合点があったのに。

「アイル」

名前を呼ぶ声がこれほど鎮痛に聞こえたことはない。ゼスがアイルの名前を呼ぶときはいつだって楽し気だった。

「ごめんなさい、そっとしておいてください」

それだけを言うのが精一杯で。

扉の鍵《かぎ》が閉まっていることだけを確認して、アイルはその場に座り込んだ。

「……イル、アイル！」

名前を強く呼ばれて、アイルはハッと顔をあげる。

ゼスに本名はシャルゼス・グライアーだと告げられてから一週間が過ぎていた。その間にも練習はしていたが、集中できない練習で料理の腕があがったとは思えない。

「手は動かしているか？　できたなら味見をよこせ」

今は中央の厨房で仕事中だ。しっかりしないといけない。

そう思うのに、頭が働かない。かろうじて動いている手が作っているのは今までさんざん苦労してきたテリーヌだ。

工程はもうしっかり体に叩《たた》き込まれている。手が勝手に動いて作り上げていく料理は……お世辞にも心が込もっているとは言えない。

「アイルっ！」

もう一度、怒鳴られて再び手を動かした。

見た目は悪くない。だが、味には自信が持てないまま味見の皿を料理長へ持っていく。

小さな皿を受け取った料理長が、それをひとくちで食べるのを、ただ死刑を宣告されるような気持ちで見守った。

また、これは偽物だと言われるか。もっと辛辣《しんらつ》な言葉が飛んでもおかしくない。

「よし。伝統料理の味がわかってきたようだ」

「え？」

アイルが問いかけるより前に料理長が自分の仕事に戻っていく。

「嘘……。今、合格をもらった？」

ただ手を動かして作っただけの料理だ。間違えたつもりはないが、ただ手順に則って作った料理。

「早く盛り付けに入れ！」

「は、はいっ！」

返事をして作業に取り掛かるものの、釈然としない。

城伝統のテリーヌは何度も挑戦してきた。目を瞑《つむ》っても作れるほどに、練習を繰り返してきた。だが、こんな風に認められても嬉しいはずはない。

盛り付けを終えて運ばれていく料理を眺めながら、眉を下げる。

あれでよかったのか？

心が込もらない料理だ。ただ、惰性のまま作ったテリーヌ。合格点をもらってもちっとも嬉しくない。

ぼんやりしすぎだ。

ぱん、と両頬を叩いて気合を入れる。

今はゼスのことを考えている時間じゃない。

そもそも、考えたところでどうにも……。

「アイルっ、お前っ、集中できないなら出ていけ！」

料理長の声が飛んで、アイルのすぐ後ろにいた料理人がアイルを押しのけてその場所に立つ。

「あ……」

気合を入れたばかりなのに。

「邪魔だ」

すぐ横を通り抜ける者にも言葉をぶつけられる。普段のアイルなら、気にしないが今はその通りだと思えた。

「すみません、私は」

「今日はもういい。明日までにその顔を何とかしてこい！」

もうメインが皿に並ぼうとしている。忙しさはひと段落していて、確かにアイルが抜けたところで厨房はうまく回っていく。

「……」

アイルはぺこりと頭を下げて、厨房の勝手口から外に出た。

扉を閉めると、中の喧騒《けんそう》が嘘のように静かな夜だ。

第三騎士団の宿舎のように離れた場所にあるわけではない中央の厨房は勝手口からでも色々な灯《あか》りが見える。これなら幽霊もでないかと近くの茂みを見つめて、アイルは溜息をついた。

「こんなときにも、ゼスを探すなんて」

アイルの知るゼスはもういない。いないと言っていい。

「ゼス……シャルゼス、さま」

もうゼスと気軽には呼べない。ゼスは騎士団長のシャルゼス・グライアー様。戦争の英雄で、貴族。貴族なのはうすうすわかっていたが、それほど上の立場の人だなんて。

頭の中がぐるぐるかき回されているみたいだ。

恋人ができたのかとからかわれて、それから戻ってきたゼスを見て……ああ、この人をずっと待っていたと、気持ちを自覚したのに。

「世界が違いますね」

ぽつりと呟《つぶや》いたとたん、瞳からぽろりと涙が零《こぼ》れ落ちる。

自分はなんて自分勝手なのだろうか。

治癒の能力がある。それがわかってこれからのことを考えないといけないのに、頭の中はゼスのことばかり。

「ゼス、会いたい」

思い浮かべるのは、長い前髪で顔を隠したもっさりとした姿のゼス。

アイルが恋したのは、戦争の英雄でも騎士団長でもなくて、他愛のない話で笑いながら美味しいと料理を食べてくれるその男だ。

「会いたい」

きっともう会えない。

だってゼスは本来の地位に戻っていく。

怪我が治ったと言っていた。ならば、第三騎士団長ではなく、もっと上の騎士団長を勧められる。もしかしたら将軍という地位だって。

「届きません、ゼス」

アイルがどれほどがんばっても、届かない。そんな地位の高い人には声をかけるどころか、姿を見ることだって。

涙は何度拭《ぬぐ》っても止まらない。

『戻ってくるまで、俺のことをたくさん考えてくれ、アイル』

たくさん、たくさん考えたのに。

そして気がついたのに。

「ゼス」

髪を切って、髭を剃ったのはアイルと出かけるのが楽しみだったからではなくて、きっと元の居場所に戻るため。

それがゼスとの別れだった。

あの朝、噴水の前に現れたゼスはアイルの知るゼスではなく、もう騎士団長のシャルゼス・

グライアーだったのだ。

「……」

ゆっくり目を閉じる。

いくら想っても、届かない相手。

戦争の英雄と平民の料理人なんて、アイル自身でさえ認められない。

どうしてゼスはアイルに気を持たせるようなことを言ったのか。頬にキスしたり、出かけることをデートだと言ったり……。

それはひどくアイルを傷つける。

楽しかったからこそ、余計に胸が痛い。


「不思議ですね、アイルさんの治癒の力は自然に流れています」

「あ、はい」

アイルは慣れない厨房にいた。すぐ隣には青い髪の神殿長ウェインがいる。時間は午前十一時だ。

ゼスと会わない日々は容赦なく過ぎていく。最後に声を聞いたのはもう二週間も前の話だ。

毎日のように会っていたのが遠い昔のようでふっと重い息を吐き出す。

神殿の厨房は城の中央厨房と同じほどの規模だ。違うのは、棚などの作りが質素なこと。調理器具も長年、使われたことを窺わせるものが多い。

アイルが作る料理に治癒の力が宿っていることから、アイルは週に二回、神殿に来ている。一回はこうして料理を作ってみせる。もう一回は座学で色々なことを学んでいる。

料理を作ることに関して苦はないのだが、いつもこうして真横で見られるとどうにもやりづらい。

「治癒の力を持つ者はその力を使うと疲労感を感じるようですが、アイルさんは自然に力を付与されている。料理をするときに意識していることはありますか？」

流れるように心地よい声に緊張する。ウェインは神殿長という立場から説法をすることも多く、人前で話すことに慣れている。話す言葉もひとつひとつ聞き取りやすく、優しい響きを伴っている。

「意識……。美味しく食べてもらいたい、とかですかね」

「なるほど。そう言った気持ちが込められる力に影響しているかもしれませんね」

力が影響すると聞かされても、意識したことがないのでわからない。困って眉を下げると、ウェインはにこりと笑った。

「アイルさんの料理に込められる力にはばらつきがあります。最初に持って来ていただいたお弁当にはかなりの治癒の力が込められていました。しかし、こうしてここで作っていただく料理には……そうですね、疲労回復の力が宿っているくらいでしょうか」

お弁当を作った日を思い出して、胸がちくりと痛んだ。胸の前でぎゅっと握った手にウェインの視線を感じて、慌てて解《ほど》く。

ウェインにまっすぐ見つめられると心の中を見透かされている気がして居心地が悪い。

常に柔らかい笑みを湛《たた》えているウェインは、どこか浮世離れしていて別の世界の人のようだ。アイルとは違う。どれだけ親しくしていても違う地面に立っている。

「特定の方に向けて作ったものには力が込めやすいのかもしれませんね。今日は私のために作っていただいても？」

それはウェインも知っているはずなのに、まるで気にしていない距離の詰め方に戸惑うばかりだ。

「え、あ……はい」

戸惑いはあるが断る理由もなかった。今、できるだけの力でウェインのために作るのだと気持ちを切り替える。

立っている地面は違っていても、ウェインがアイルを見てくれているのは確かだ。アイルに強制できる力を持っているのに、ゆっくりとアイルのペースに合わせてくれる。

その誠意には応えたい。

料理に集中すれば、余計な考えは吹き飛んでいく。

神殿では素材の味を生かした料理が多い。きっと強い香辛料は好まれないはずだ。

スープは鶏肉で出汁をとって、野菜を一緒に煮込んだものに決める。時間があるわけではないので、根菜は細かく刻んで火を通りやすく、葉野菜は最後に入れられるよう同じ大きさに刻んで置いておく。

スープを煮込んでいる間に、城から持ってきたパンを薄く切り分けてバターを塗る。間に野菜とカリカリに焼いたベーコンを挟んで、卵をベースに作った特性のソースをかけた。

「それほど手の込んだ料理ではありませんが」

それはあの日のお弁当も同じだった。前日に誘われて、急に作ったお弁当だ。食材もあり合わせだったし、仕込みの時間もとれなかった。

あのお弁当で治癒の力が強いのなら、ウェインの言うとおりアイルの気持ちが関係している可能性は高い。

ゼスに食べてもらおう、きっといい日になると思いながら作ったお弁当だった。その気持ちがたくさん詰まっていた。

「美味しそうですね」

ウェインの言葉にハッとする。

「天気もいいので、お庭でいただきましょうか」

「は、はい」

ふわりと包み込むような優しい声に慌てて返事をした。

出来上がった料理を皿に盛りつけると、側に控えていた神官がトレイに載せて運んでいく。

ウェインが歩き出したので慌てて後を追った。

「あの方は、どれくらいの期間料理を食べられていましたか？」

「三ヶ月ほどでしょうか」

ゼスとふたりの夜を思い出す。

ゼスが来るようになって、毎日が楽しかった。今日はあの料理を出そう、この香辛料を使えば驚くだろうか。笑顔になるゼスを想像しながら作る料理は、いつしか練習などではなくゼスのための料理になっていた。

「毎日？」

「えっと……。ええ、はい。ほとんど」

夜中にノックされる扉の音や、料理を食べるときのゼスの笑顔が頭に浮かぶ。

いつも時間はあっという間に過ぎていって……寝不足なはずなのに、充実していた。ゼスと過ごした三ヶ月はあっという間だった。

「どうぞ」

ウェインが案内してくれたのは、小さな中庭だ。大きく葉を広げた木があり、ちょうどよい木陰を作っている。見上げると葉の間に小さな白い花があり、風が吹くとふわりと甘い香りが周囲に漂った。

そこに白いテーブルが用意してあり、さきほどアイルが作った料理が並べられている。ウェインが椅子をひいてくれたのでアイルは恐縮しながらそっと腰を下ろす。向かいにウェインが座るとすぐにお茶が用意された。

「シャルゼス様とはまだ定期的にお会いになられていますか？」

アイルは慌てて首を横に振る。

「私がお会いできるような方では……！」

「シャルゼス様の怪我は完全に治ったようです。近いうちに第一騎士団の団長に任命されるのではと噂が広がっていますよ」

「そうですか」

ますます遠い人になる。

今、アイルは中央の厨房で働いているが、それにしても貴族との接点などない。まして、第一騎士団の団長になろうかという人物とかかわりなどもてるはずない。

「ウェイン様はゼス……シャルゼス・グライアー様とお知り合いなのですか？」

「ええ、まあ。神殿は人々の争いの仲裁をよくします。それが国同士に変わっても、仲裁役に立つことがあるのですよ」

大きな話にアイルは何度か瞬《まばた》きした。ウェインは戦争の仲裁にかかわっていたのだろうか。

ゼスもウェインもアイルには想像がつかないほど重要な役目を担っている人たちだ。

ゼスに抱いた気持ちはやはり分不相応なものだ。

「アイルさん」

「はい？」

「立場の違いは、それほど大きなものではありませんよ」

その言葉にどきりとした。

アイルがゼスに抱いた気持ちをウェインが知っているはずはない。

「そう緊張しないでください。私もアイルさんと同じただの人です」

ゼスのことを言っているのではなかった……。ウェインの前でアイルが緊張したり戸惑ったりしているのを指摘しただけだ。

「すみません」

「謝ることでもありません。アイルさんにはこちらからお願いして来ていただいているので、もっと力を抜いてもらいたいだけです。……ああ、やはり」

スープにスプーンの先を沈めたウェインが目を細める。

「力が動いているのが見えます。誰かのために作るとその効果が増しますね。先ほどまではふわっと霞のようだったものが、今は光の渦のように見えます」

そんなことまでわかるのかと目を丸くする。

「あくまで私の感覚的なものですが。グジナウ国の神官ならもっとアイルさんの力がわかりますよ」

「グジナウ国？」

あまり聞かない名前だと首を傾げる。

「ええ。ラール王国からみれば南に位置する国です。ラール王国との国境には高い山脈があって国交は少ないですが、戦争が終わってカサンダ国経由で商人の行き来は始まっているようですね」

戦争で手に入れられる情報が少なかったせいもあって、アイルは地理や歴史に詳しくない。商人たちもカサンダ国経由で来るというのなら、戦争中には交流と呼べるものはなかったはずだ。

「グジナウ国では治癒の力を持った治癒師という存在があり、研究もさかんです。あちらではかつてアイルさんと同じような能力を持った方もいたと記憶しています」

「そうなのですか！」

同じように、料理に癒しや回復の効果を付与することのできる人。

もし今もいるなら、聞いてみたいことはたくさんある。

「当時の資料の貸し出しをお願いしたのですが、古い資料だからと断られました。いつかはグジナウ国に行って、調べてみたいものです」

いつか……。今は勉強中の身だが、それが落ち着けば……。いや、勉強中の身でも、グジナウ国にも料理はある。料理と同時に力のことが学べるなら、考えてみてもいいかもしれない。

この前、厨房で叱責されたときのようにぼんやりと料理をしてしまうよりは、環境を変えた方が振り切れる。

「いや、ダメだ」

それではただ、逃げるだけ。

アイルは小さく首を横に振る。自分でしっかり断ち切らなければどこにいても同じだ。

「何がダメですか？」

「いえっ、なんでもありません！」

呟いた言葉に反応があるとは思っていなくて、慌てた。

「すみません。気にしないでください」

「そうですか？」

ふわりと笑うウェインがそれ以上、聞かないでくれたことにほっとする。戦争の英雄に恋をしたところで叶《かな》うはずもない。ただの笑い話だ。

「アイルさんの料理に宿る力にはある程度の法則がありますね」

「法則、ですか」

話題を変えてくれたことにほっと息を吐く。

「おそらく、その力に晒《さら》される時間も治癒の力の増減にかかわるでしょう。焼き料理のような、短時間で仕上がる料理よりは煮込み料理。大勢の人に向けて作る料理よりは個人に向けて作る料理により強い力が宿っているように思えます」

「集中した方が、効果が高くなりますか？」

「そうですね、おそらくは」

大勢のために作るよりは、誰かのために。集中するほど効果が高まる。

アイルはハッとしてウェインを見る。

「それによって味が変わってしまうことは？」

「あるかもしれませんね」

城の伝統料理を作るときは、かなり集中して作っていた。たいていが、ゼスに食べてもらうことを意識していた。

「そうだったのか」

いくら注意しても……、いや注意すればするだけ余計だったのだ。だから、この前ぼんやりと作ったテリーヌの味は変わらなかった。

「どうかしましたか？」

「私は城の伝統料理を練習していたのですが、いつも味が変わってしまっていたのです。もしかしたら、集中しすぎて、宿る力が味を変えていたのかもしれません」

「ああ、なるほど」

ぼんやりと惰性で作るのは論外だが、原因がわかれば対処できる。

「城の伝統料理の味を再現できるように練習を重ねていけば、同時に力の制御もできるようになるかもしれません」

「それは素晴らしい」

ニコニコと見守ってくれるウェインにつられて、アイルも笑顔になる。

「あの、ありがとうございます」

「どうしましたか、急に？」

「私は力があると言われてもピンとこない。それが役に立つものなのかもわかりません。ですが、ウェイン様はゆっくりと見守ってくださいます」

「それはね、アイルさん。私に下心があるからですよ」

笑いながら言われて、アイルはぴたりと動きを止める。

「居心地のいい場所を作れば、アイルさんは自然にこちらへ来るのではないかという打算です。城は居心地悪くありませんか？　料理の世界は厳しいでしょう？」

「そ、そんなことはありません。厳しさもまた、楽しさに繋がります」

ひくりと顔が引きつった。下手に弱音を吐けば、ウェインの手に捉われてしまいそうだ。居心地のいい場所と言われて心が動かないわけではないが、アイルが求めているのはそういう場所ではない。

「アイルさんのように治癒能力を何かに付与できる者は珍しいのです。アイルさんはご自身の価値に気がついてらっしゃいますか？」

「価値、など……」

「城ではきっとわかりにくい。城にいらっしゃる方々はしょせん食べていける人です」

ウェインがゆっくりとスープを口に運ぶ。

「私たちは郊外で炊き出しなども行っておりますが、それはご存じですか？」

「は、はい」

神殿は週に一回程度、貧しい人々に食事を届けている。食事だけでなく衣類や生活用品も配っていると聞く。

「その炊き出しだけで生活している子供たちがいることは？」

アイルはきゅっと眉を寄せる。

王都では貧困の差は大きい。戦争は勝利に終わったとはいえ、親や兄弟、子供を失くした人々はたくさんいる。

「炊き出しの回数は増やせません。予算も人も限られています。病人などを診て回る余裕もない。ですが、その子供たちに届けるスープに治癒の力があればどうでしょうか。ただ腹を満たすだけだったものが薬になり、力となっていく。それは奇跡のようなことだと思いませんかか？」

「わ、私にそんな力は……」

「ありますよ、アイルさん」

はっきりと言い切られて戸惑う。

「疲れた騎士に、アイルさんの料理などもったいない。彼らはほうっておいても回復します。アイルさんの力は他で役に立てるべきだ」

強い声にじっと自分の手を見つめる。本当にそう言われるだけの力があるのか。

料理で人を笑顔にしたい。それはずっとアイルの根底にある願いだ。

「今度、炊き出しに行ってみませんか？」

「え……」

「炊き出しの料理をとはいいません。少し様子を見に行くだけでも」

断る理由もなくて、頷く。料理を作ります、と言えればいいのだがそこまでの自信はない。

アイルの故郷は戦場のすぐ近くだった。家族を亡くした者も、家を失くした者もすぐ近くにいた。

彼らを救う？　そんなことは簡単に言えない。自然に視線が下を向いた。

彼らを救う手は、永遠に必要だ。ひとりを助けても、またひとり新しく助けを求める者が現れる。自分に余裕があるときにだけ手を差し伸べればいいのだと言う人もいるが、アイルはそれほど器用ではない。まだ学びたいことも、やりたいことも中途半端なままだ。

手を差し伸べるにはアイル自身に余裕がない。

「何か不安がありますか？」

優しい問いかけに、うつむいていた顔を上げる。

「私はそれほど器用な人間ではなくて」

「はい」

「料理しか考えていないとよく言われます。アイルは料理だけだな、他にも目を向けろと。ですが、私はその方法がわからなくて」

今もゼスのことを考えると、料理が手につかなくなる。好きなはずの料理が手につかなくなることに焦ってさらにうまくいかなくなってということの繰り返しだ。

「もっと考えないといけないのでしょうが、私は不器用なのです」

練習をしていた夜中にゼスが訪ねてきて、美味いと料理を食べてくれるのが嬉しかったあのときが一番気楽だった。

自分の腕が上がっていることも実感できたし、ゼスの笑顔もそこにあった。

だが、他の感情が絡んできたとたん足が竦《すく》んで動けなくなる。

「仕事も、他のこともうまく折り合いをつけてなど、できません。目の前のことを一生懸命やることだけで精一杯で」

「器用にふるまう必要はありませんよ。先ほども申しましたが、アイルさんの力は心の状態に左右されやすい。つまり、アイルさんが穏やかでいられるほうが力を発揮しやすい……ああ、このサンドイッチも美味しいですね」

ウェインが大きく口を開けてサンドイッチにかぶりつく姿に驚いた。

「どうかしましたか？」

「いえ、かぶりつくとは思わなくて」

「サンドイッチはかぶりつく方が美味しいでしょう？　私はこれでも忙しい身でしてね、執務中にこうして片手でサンドイッチを持ったまま書類を見ていることもあります」

怜悧《れいり》な美貌《びぼう》のウェインがそんなことをしているとは思っていなくて、つい笑ってしまう。

「アイルさん。無理には誘いません。ですが、もし神殿に来ていただけるなら、貴方が笑顔でいられるよう精一杯のことをさせていただきます。頭の片隅でいいので、覚えていてください」

心地いい言葉だ。

ひとつのミスだけで怒鳴り声が飛ぶ厨房とは違う。

神殿にくれば、今までのように必死に働く必要はない。好きな時に、好きなように料理をして感謝される。アイルにあるという治癒の力はきっとどこに行っても歓迎される。

「すみません」

アイルは咄嗟に頭を下げた。

「本来なら人々の役に立てるべきだと思います。ですが、私は……。私はまだ勉強を続けたい。私はもっと料理がうまくなりたいのです。それに、やはりいつかは自分の店を持ちたい。コース料理だけでなく、私の実家のように近所に住んでいる人たちが気軽にやってきて楽しんでいける場所を作りたい」

人々を助けていくことに比べればなんと小さい望みだと笑われる。そんなことのために、と言われるかもしれない。

「まだ城の伝統料理も完璧じゃない。やっと正しい味にたどりつけるかもしれないとわかった今、試してみたくて仕方ないのです」

治癒の力についてはまだ実感もない。うまく扱えるかもわからない力だ。人に羨《うら》まれる力だとしても、アイルが求めているのは料理がうまく作れることだけ。

伝え方もわからなくてぎゅっと膝の上で拳《こぶし》を握る。

「大丈夫です、アイルさん。先ほども言いましたが無理強いできるものではありません。それに貴方の力はまだ不安定だ。これから先はゆっくり考えていけばいい」

柔らかい声にそっと顔をあげると、ウェインの笑顔があった。神殿長というすごい役職にありながら、ウェインはアイルに強要しない。ほっとして力が抜ける。

「次の炊き出しには一緒に行きましょう。アイルさんの持つ夢とアイルさんの力を使える場所がどこかでうまく交わることができるのならそれが一番です」

「美味しーい！」

晴れ渡る快晴の中、小さな子供の声がよく響いた。最初に並んだ子供は器に盛られたシチューにとびきりの笑顔をみせている。アイルもつられて頬が緩んだ。

神殿の炊き出しに同行したのは、一週間後のことだった。

王都ラルを取り囲む高い城壁の外側には、王都の中に居を構えることのできない人々がいくつかの小さな集落に別れて暮らしている。その集落を結ぶ中心に市場が開かれる広場があった。店と呼ぶには粗末な天幕と商品ではあったが、ここに暮らす人々にとっては物を売り買いするための貴重な市場だ。だが、今日はその市場は閉じられて代わりに大きな天幕が張られ、その下にはいくつもの大鍋《おおなべ》が並んでいる。

「ありがとう」

「ありがとうじゃねえよ。アリガトウゴザイマスだ！」

子供たちを眺めながら、アイルはシチューが盛られた器を並んだ人々に渡していく。

昼から始まる炊き出しは、材料がつきるまで続く。日が落ちるまでには片付けを終えて帰るらしいが、集まった人々の数は多く、本当にその時間に終わるのかと心配になった。

ありがとうと感謝の言葉を告げながら両方の手で大事そうに粗末な木の器を持っていく人々。大勢が集まって賑《にぎ》やかなこの一帯はちょっとしたお祭りのような騒ぎだ。

だが、ひとたび隅に目をやると足や腕が片方ない人も見かける。きっと戦争で犠牲になった人だ。一生懸命戦って、その行く末がこの場所ではいたたまれない。

ウェインにサンドイッチを作ってから今日まで、アイルは感情を込めずに料理をすることを意識して仕事をした。

習ったとおりの手順で、料理を食べてくれる誰かのことなど一切考えずにただ手を動かす。細かな作業は体が覚えている。アイルがすることは間違えないよう、ただ手を動かすだけ。そうしてでき上がった料理は自分の中ではいまいちだったが、伝統料理としての味は崩れていなかった。

そして昨日、隣国からの使者をもてなす料理の一品を任された。

作ったテリーヌは伝統料理そのままの味で、見た目も綺麗《きれい》にできた。皿に盛り、付け合わせのソースも完璧《かんぺき》に仕上がった。

だが、それが正解だったのかいまだにわからない。

「アイルさん」

ウェインから声をかけられて手が止まっていたことに気がつく。

今日のウェインは神殿で見ていた高位神官の服ではなく、簡素な動きやすい服を着ていた。

シャツの素材もアイルの服と同じような綿で、穿《は》いているズボンも茶色の質素なものだ。動きやすいように青い髪はひとつにまとめられている。

ぴしりと伸びた背筋に育ちの良さは窺《うかが》えるが、近寄りがたい雰囲気は一切ない。

「どうしました？」

いつもより笑顔が親しみやすいのは格好だけでなく、この場に合わせて声の出し方や動きまで変えているからだ。

あれだけの地位を持っていながら簡単に場に馴染《なじ》んでいくウェインはすごい。その場にいる人々をよく見て、あっという間に周囲を包み込んでいく。横に並ぶと、その大きさが怖いくらいだ。

「いえ、なんでもありません」

慌てて並んでいた人にシチューの入った器を手渡して、笑顔を作る。

「お疲れですか？」

「そういうわけでは」

伝統料理を作ることができた。料理長からは合格点ももらった。だが、誰かのためにと願わない料理を作ることは楽しくなかった。

「……料理が楽しくないなんてこと、考えたこともありませんでした」

いつだって料理を作ることは楽しかった。厳しい中央の厨房《ちゅうぼう》で怒鳴られても、誰もいない深夜、ひとりで練習していても。

「何があったかお聞きしてもかまいませんか」

「たいしたことではないのです、ただ私がうまく立ち回れないだけで」

新しい料理、難しい料理を覚えていくのは楽しい。それを作って、喜んでもらえることはもっと楽しい。

それが学んでいく、原動力だ。

料理が楽しくないと感じた瞬間に、アイルは進んでいく道の先が見えなくなった。

「治癒の力など、余計だったかなと。贅沢《ぜいたく》なことですが」

ただ純粋に料理を楽しんでいたかった。まっすぐにその道だけを進んで行きたかったのに。

「結論づけるのは、早いですよ」

「……」

「たとえば貴方はその力でシャルゼス様の怪我《けが》を完治させた。それが無駄だったと思いますか?」

アイルは首を横に振る。怪我が治ったのはいいことだ。意識してのことではなかったが。

「では、この先、ご家族が病気になったり、怪我をしたりした場合は?」

「それは……」

もし自身の持っている力で家族の病を治せたら……。アイルはその状況を想像して目を閉じる。

　きっと感謝する。

　今、余計だったと言ってしまったのにと思うが、間違いなく自分に力があったことをありがたいと感じるはずだ。

「今、ここで配っているシチューが私たちの用意したものでなく、アイルさんの作ったものだったら何が起こると思いますか？」

　問いかけられて考える。治癒と回復の効果があるというアイルの料理なら、病気が治ったり体力が回復したりするのかもしれない。

「まあ、何も起こりませんね」

「え？」

　きょとんとしてウェインを見ると、ウェインはにこりと笑った。

「だって考えてください。アイルさんの力は特定の誰かに向けた方が大きな作用をもたらします。一度もここに来たことのない貴方が作ったシチューはそれほどの効果をもたらしません。万能な力ではないのです。そうなる可能性はあるにしても、今の貴方はもっと気楽に構えていい」

　ああ、そうか。

　今、アイルはここでシチューを手渡ししているから、ここにいる人たちがどういう状態なのかを見た。

　でも昨日のアイルはこの人たちの顔を知らない。料理を用意しても特定の誰かを意識したものでない料理には大きな効果は期待できない。

「アイルさんの力は、アイルさんが知る人を治せる力です。でしたらアイルさんは城の中に籠《こも》っているべきではない。私は可能性を広げてほしいと願っています」

　ただ治癒の力があるからと惰性で料理を作るのでは、効果はない。誰かを思い浮かべながら料理を作ることが重要だ。

　改めて炊き出しに来ている人々を見渡す。

　疲れた顔をした婦人や咳《せ》き込んでいる老婆。怪我した足をひきずっている男とぐったりした小さな子を背負っている兄らしき子供。

　アイルが力になれるかもしれない人々だ。

「あの、今からシチューに手を加えてもかまいませんか？」

「ええ、もちろん。余った材料はそちらにまとめてあります」

　アイルは腕まくりして中身が半分ほどになった鍋をひとつ、覗《のぞ》き込む。これはもう完成した料理だ。味は大きく変えられないから、継ぎ足しで作るイメージで。

　ただ水分を加えても、薄くなるし具も少なくなる。いくら治癒の効果があっても腹が満たされなければ炊き出しの意味はない。

余っている材料から火の通りやすいものを探す。まずは葉野菜。煮込み料理にも使われる、芯《しん》の大きなものが残っていた。これならかさましになる。チーズがあればいいが、そんな贅沢な材料は余っていない。

ふと隅にパスタがあるのが見えて、手に取る。今日の炊き出しの材料には使われていないが炊き出しの材料は寄付であることも多いから紛れ込んでしまったものだ。

「これなら」

鍋に水分を足して、薪《まき》をくべる。火力が強くなって、温まってきたところでパスタを折って中に入れた。ざっくりと切った葉野菜も入れて、調味料で味を調えていく。

頭に浮かべるのは自分が先ほどまで、シチューの器を渡してきた人々だ。

「やはり、こちらが楽しいな」

誰かの笑顔を思い浮かべながら作る料理は楽しくて仕方ない。

伝統料理の重要性はもちろん、理解している。それを習得することで得られる技術もある。だから、存在を否定するわけではないが。

「私は……」

出来上がったスープパスタを器によそう。渡せる人数は限られているが……少しでも笑顔の力になればいい。

「美味しそう！　ありがとうお兄ちゃん！」

受け取った子供が笑顔で走って行く。

「きちんと見ていたいな」

食べる人の顔が見えない中央の厨房で作るよりは、食堂が見渡せる騎士団の厨房で。そしていつか叶《かな》うなら自分の店で客の顔を見ながら作りたい。

スープパスタを持って走って行った子供が、隅に座っていた老婆に器を渡している。老婆が器を受け取るとその子はまたアイルのもとへ戻って来た。

「お兄ちゃん、もう一個ちょうだい！」

「あ、ああ」

急いで器によそうと、子供は匂《にお》いを吸い込んでにっこり笑った。

それから、アイルを手招きして耳元にそっと囁《ささや》く。

「あのね、お兄ちゃんのお鍋が一番美味しそう」

「……」

咄嗟《とっさ》に言葉が出なかった。

「ありがとうね！」

こちらこそありがとうと言いたいのに、その前に子供は走っていく。老婆のもとに戻り、横に並んで座る。それから、何かを話しながらスープパスタをひとくち口に入れた。

その瞬間、笑顔が広がる。

何かを話す老婆も笑顔だ。

声は聞こえずとも美味しいと伝えてくれる笑顔に胸の奥が熱くなる。

「すみません、こちらにももらえますか？」

「は、はいっ！」

慌ててアイルは器を手に取った。続々と並び始めた人々に、休んでいる暇はない。時間が過ぎるのはあっという間で、気がつけば何回か継ぎ足しで料理を作り、材料が尽きるまで全力で動き回っていた。

ひと段落したのは、すべての鍋が空になって広場にも人が少なくなったころだ。

「片付けまでは大丈夫ですよ」

ウェインはそう言ったが、当の本人も器を洗っている。神殿長が率先して後片付けを手伝っている中でアイルが帰ることはできない。それに、後片付けは日々の業務で慣れたものだ。

「やらせてください。鍋を洗うのは得意ですから」

厨房の大きな鍋を洗うのはいつだってアイルの仕事だ。厨房では力仕事も多い。空になった鍋を担いで井戸まで歩いていると、目線の下を何かが横切った。

「うわっ」

驚いて鍋を落としそうになるのを慌てて押さえる。

「お兄ちゃん、あわてんぼうだね」

横切ったのは、先ほど老婆にスープパスタを渡していた子供だ。

「あ、ありがとう！」

咄嗟にさっき言い損ねた言葉を口にすると、子供は目を丸くする。

「それはこっちの言葉だよ。お兄ちゃんの料理を食べたら、おばあちゃんの咳が治まったの」

「咳が？」

「うん。顔色もよくなっている。ごはんって大切だね。本当にありがとう！　ばいばーい！」

子供はそれだけを言ってまた走っていった。その先に、先ほどの老婆がいてアイルに向けて頭を下げた。アイルも咄嗟に頭を下げて、ふたりが広場を後にするのを見届ける。

「咳が……」

子供の言ったように、食事をとったことで治まったのかもしれない。だが、もしそれがアイルの力だというのなら、できることは自分の想像を超えて大きなものだ。

アイルは不器用だから目の前のことを一生懸命にやるしかないと思っていた。

今ならば、料理の勉強が第一だ。

治癒だ、回復だと言ってもあやふやな力を信じて、その第一がぶれては成り立たない。

けれど……と周囲を見渡す。

もうそう多くの人はいない。だが、残っている人々も満足そうな顔をしている人が多い。

アイルが目指すのは人を笑顔にすることだ。そのために自分の店を持ちたい。

だが、もしかしたら想像もつかないような未来が自分にはあるのかもしれない。

じっと自分の手を見つめる。

誰かを思って料理をすることは、力が大きくなる条件だ。そうして誰かを思って料理をすることは誰かを笑顔にさせる。

治癒や回復の力を活かすことと、人を笑顔にすることがずっとアイルの中で一本の道として繋《つな》がった。

見えていた目標は一緒だった。到達点のその先が広がったのだ。

「私に、できること」

ぎゅっと手を握りしめる。

人が笑顔になる料理を作る。それは力を否定するものではない。

「私は幸せなのかもしれない」

より大きな笑顔を見るための力がある。


「アイル！」

大きな声に驚いて、アイルは持っていた皿を落とした。パリン、と割れる音が響いて周囲がしんと静まり返る。

炊き出しに同行してから一週間、アイルは料理に集中できずにいた。どうにか日々の業務をこなすものの、ふとした瞬間にあのときの子供の笑顔が頭に浮かんできて、同時に疑問が湧き起こる。

ここは自分のいるべき場所だろうかと。

「集中できないなら、必要ない！」

ぐっと眉根を寄せる。

せっかくより人を笑顔にできると思っても、この中央の厨房からは食べている人の顔は見えない。さらに、伝統料理が出るときには心を殺さなくては進めない。

そうするとすべてが色あせて見えた。

頭を下げて、割ってしまった皿の後片付けを始める。

「お前、この皿がいくらすると思っている！」

真横を通り過ぎる料理人のひとりが吐き捨てる。確かに、この皿ひとつでアイルの給料は飛んでしまう。怒鳴られるくらいで済むなら優しいものだ。

「料理長、彼は必要ありません。この厨房に来るにはまだ実力不足です」

はっきりと声にされるのも当然だ。

この国の、王族が口にする料理を作る場所だ。料理人としては一番下の見習いになるだけでも大変な名誉で、誰もが必死になることが当たり前の地位だ。

そこでぼんやりしてしまうアイルは確かにこの場所に相応《ふさわ》しくない。

「アイル、少し話をしよう」

料理長に呼ばれて、立ち上がる。

連れて行かれたのは、料理長専用の小さな控室だ。机と、小ぶりのソファがあり、壁面の棚には料理の本がずらりと並んでいる。

「先日作ってもらったテリーヌだが……、どうも先方の期待どおりではなかったらしい」

「そうですか」

期待どおりではないと言われても、がっかりはしなかった。気持ちの込もっていない料理だ。味や作り方に合格点をもらっても、あの料理で人を笑顔にできたとは思えない。

人を笑顔にする料理は、あの炊き出しのように誰かのためを思って作るものだ。

「それで、この厨房ではお前の力をうまく発揮できないのではという話が出た」

遠巻きに言ってもはっきりとわかる。アイルは中央の厨房にいらないと言われたのだ。

「はい。申し訳ありません」

「まあ、お前の能力については未知数なところもあって、こちらの期待も大きすぎた。行きたいところがあればこちらで推薦状を書く」

「だ、大丈夫です。第三騎士団に戻していただければ、それで」

アイルの言葉に料理長が安堵《あんど》した様子がはっきりわかる。中央の厨房で失敗した者をあまりいい場所には送れないためだ。

「では、今日付でアイルは元の第三騎士団の厨房へ。辞令は後ほど第三騎士団へ送る。このまま行っていいぞ」

「はい、ありがとうございます」

気持ちを込めて料理を作れない場所は、アイルにとって不要なものだ。

いくら技術が身についたところで、それは中身がからっぽの箱で何の意味もない。

「しっかり自分の場所で実力をつけます」

はっきり言い切ったアイルに料理長が苦笑いする。

「最初からそういう目をしていれば、もっと重用してやったのに」

「え？」

「お前、中央の厨房では死んだような目だったよ。それほど第三騎士団は居心地がいいか？」

「あ……」

そうだとは言えなくて目が泳ぐ。

「お前が塞《ふさ》ぎこまないか心配だったが、中央がお前をいらないのではなくて、お前が中央を必要としていないのならば問題ないな」

はいと元気よく答えそうになった声を必死でのみ込む。だが、微妙に上がってしまった口角を見た料理長に豪快に笑われた。

「おかえり、アイル！」

「待っていた！　お前がいないと、俺たちはもうっ……！」

大げさだとは思うが、温かく迎え入れられてアイルは笑顔になる。翌日からアイルは配置換えになった。

第三騎士団の厨房は、中央の料理人たちからすれば立派な左遷だが、アイルにとってはありがたい。

「ふん。あいつはお前が治癒の力を利用して自分の立場を脅かすのではと焦ったからお前を戻したのか」

イワンはそう言って怒ってくれたが、アイルが悪かったところも多い。実力が発揮できなかったのは事実だ。

「でも、私は中央の厨房で悩んだことで、また料理の楽しさを知りました」

気持ちを込めない料理なんて楽しくない。ならば思い切り気持ちを込めて作れる場所の方がいいに決まっている。

ここなら、いくらでも……というより、もういいと思うほど作ってもまだ求められる。

夜の練習は続けているが、勝手口の扉は開けたことがない。

しっかり鍵《かぎ》はかけたまま、どんな物音も無視をした。

最初の数日は続いていた音も、今はもう聞こえない。

諦《あきら》めてくれたのなら、それがいい。アイルは顔を合わせて笑っていられる自信はなかった。もう遠い人だと心を閉じてしまうのが一番いい。

「今日の焼きは豚肉のスパイス焼き、煮込みは鶏肉のトマトスープ煮です。どちらにしますか?」

豚肉は贅沢に厚切りしたもの。鶏肉のトマトスープには野菜をたっぷり入れた。すぐに、焼きだ煮込みだと言葉が飛び交い、アイルは料理に取り掛かる。

ひとりひとりを思い描きながら作る料理には、力が大きく宿る。

第三騎士団の厨房で作る料理が、今のところは一番大きな効果のある料理のはずだ。ひとりを強く想えば効果はあがるかもしれないが、もうゼスは来ない。

シャルゼス・グライアーはまだ第三騎士団の騎士団長のままだが、以前よりずっと忙しく動き回っていると聞いた。ウェインの言っていたとおり第一騎士団の団長になるのではと噂《うわさ》も広がっている。

古傷が治り、髪を切ったシャルゼス・グライアーはあっという間に人気者になった。

もともと戦争の英雄としての人気はあったが、それに加えてあの容姿だ。将来の有望さは言うまでもない。

「トマトスープ煮を」

「は、い？」

声が掠《かす》れたのは、よく知っている声だったからだ。

顔をあげると、他の騎士たちと同じようにトレーを持ったゼスがそこにいた。

「ゼゼゼゼ……！」

ゼス、とアイルの知る名前で呼ぶことだけはなんとか堪《こら》えた。

そのかわり、突然現れた騎士団長に食堂内の騎士たちが騒がしくなる。

「団長！　ここの料理は絶品ですよ！」

「飲み物、運びます！　何にしますか？」

「おいっ、中央のテーブルを空けろ！　団長がお座りになる！」

第三騎士団は戦争で功績をあげた者を中心に成り立っている。つまりそれはシャルゼス・グライアーの近くで働いていた者が多いということだ。

「アイル、トマトスープ煮をくれないか」

久しぶりに名前を呼ばれて、跳ねる心臓が憎い。

なんてことない顔をしたい。冷静に対応してゼスのことなど覚えていない顔をしたいのに。

「は、はいっ。トミャト、スー……プ煮」

噛《か》んだ。

おもいきり、噛んでしまった。

「トミヤト……？」

ゼスは目を丸くして、それから肩を揺らせて笑い始める。

「そ、そんなに笑わなくてもいいじゃないですか！」

「だって、可愛《かわい》くて」

「可愛いって、なんですか！　もうっ、人をからかってばかり……！」

カウンターから身を乗り出すように叫んで、ふと気がつく。

騒がしかった食堂が、しんと静まり返っていることに。かたん、とゼスが近くのテーブルにトレーを置く音がやけに大きく響く。

「あのっ、すみませんっ！」

すぐに引っ込もうとして、ぐっと胸倉を掴まれた。

「あのっ、団長。アイルは悪気があったわけじゃ！」

「そうです。まっすぐないい子ですから！」

引き寄せられた顔が近づいていく。あ、と口を開きそうになったとたん限界まで近づいた顔がぶつかった。

正確には、口が。

もっと正確には唇が。

「んんっ！」

重なる唇をはがそうと、肩を押してみるがアイルの力でどうこうできるものじゃない。逆に腕の下に手を回されて体が持ち上がる。

「んんんーっ！」

ぬるりと唇の隙間《すきま》から入り込んできたものを押し出そうと必死に舌を出すが、逆に搦《から》めとられてキスが深くなる。

そう、キスだ。

これはキス。

ぐっと体を持ち上げられ、カウンターからアイルの体が完全に食堂へ引き上げられる。ばたばたと暴れようとするのを抱きしめられて完全に押さえ込まれた。

「ちょ……待っ……んっ！」

ほんの少し離れたかと思えば、角度を変えて再び深く重なる唇にもうどうしていいかわからなくなる。

抵抗の力が徐々に弱くなるのは、キスに夢中になっているからじゃなくて。

そうであるはず、なくて。

「アイル」

ようやく唇が離れたとき、アイルはぐったりと体の力が抜けていた。

ゼスは抱えるようにして近くの椅子に座らせてくれる。その手に甘えたのは、振りはらう気力がなかったからだ。

「どうして」

「どうしてって、アイルが会ってくれないからだ」

アイルの視線の高さに合わせてしゃがみ込んだゼスが、悪気などまったくないかのような顔で笑う。

「どうしてそれがキスになるのですか……」

「それはもちろん、お前が可愛いからだ」

「意味がわかりません」

アイルの言葉にはこの場の誰もが頷《うなず》いてくれるはず。

「……っ！」

この場？

ここは、どこだ？

顔をあげると、無数の視線とぶつかって頭が爆発するかと思った。慌てて両手で顔を隠して小さくなる。

「お、おい。アイルの男って……」

「そういえば遠征隊の中にいるかもと」

「まさか」

そんな囁きが食堂の中に広がっていく。

椅子の上に乗せた足に顔を埋めて、アイルは膝《ひざ》を抱え込む。

人前であんなキス。

これほど恥ずかしいことがあるだろうか。

「アイル、まずはしっかり言っておきたいことがある」

どうしてこんなに人がいる中で、みんなが騒ぎ始めている中で、ゼスの声だけははっきり聞こえてしまうのだろう。

「アイル、好きだ」

その一言に、膝を抱え込んでいた手の力が抜けた。

足が床に降りてしまって、すぐ近くにあるゼスの顔を見てしまう。

そこにあったのは、幸せな男の顔。

「す……」

好きだ？

聞き間違いかと自分の耳をひっぱってみるが、おかしなところはない。普通に痛い。

「ちょっと、待ってください。私は、平民で……」

「大丈夫だ。俺は別に家を継ぐわけじゃない。貴族といっても長年、戦場にいたから作法などもあやふやで皆が扱いに困っている」

「あの？」

「アイルが会ってくれない間に色々と根回しもした。神殿に認められた治癒能力の持ち主だと家族も説得したし、縁談もすべて断った」

「ですから……」

「本当はお前の気持ちを確認してからと思ったが、話を聞いてもくれなかったじゃないか」

それは扉を開けなかった日々のことを言っているのだろうか。

ゼスとは身分差もある。それだけではなくて、はるかに遠い人だと。だから諦めなければと必死だった。

「俺は勝手にすることにした。まずは外堀を埋めた。アイルは頷くだけでいい」

「ちょ……っ！」

「俺はな、アイル。戦争が終わってからずっと腑抜《ふぬ》けのようだった」

椅子の両側に手を置かれて逃げられない。

「王都から第三騎士団の団長にするから来いと言われて仕方なく来たが、何もする気も起きなかった。夜も眠れずに、ただ徘徊《はいかい》するだけの俺は幽霊のようだった」

最初に見たゼスを思い出す。

長い髪に、伸びた髭《ひげ》。灯《あか》りもない暗闇から突然現れた彼には確かに生気がなかった。

「お前が、最初に温かいと言った。よかった、人だったと。あのとき、俺の心にお前は入り込んできた。そのときから俺は……俺の灯りはお前だ」

息が止まりそうになる告白だ。

「俺に救われたと言ってくれただろう？　それから、食堂では出しもしない料理を俺のために練習してくれて」

ああ、そうだ。

確かにアイルは騎士団長に食べてもらいたくて貴族の料理を練習していた。

「アイルがただ一生懸命に料理に没頭する姿を見て、俺の方が救われた。俺が守ったものは無駄じゃなかったと思えた」

故郷を救ってくれたシャルゼス・グライアーに食べてもらいたくて。

「それからはアイルといる時間が、ただ楽しくて」

それはアイルも同じだ。

一緒に過ごす時間はただ楽しかった。

「人を愛する気持ちが俺にも残っているのだと気がついた」

耳元で囁かれる言葉に心臓が跳ねる。

「愛している、アイル」

「ああああのっ」

愛？

愛だと、言ったか。

「わ、私は……！」

「他の男が好きだとか言うなよ」

「そんなことはありませんっ！」

慌てて否定してから、ハッと気がつく。

それはもう、告白ではないか？

目線が合うと、ゼスはにやりと笑った。

「そうか。そうだよな」

「……っ」

これ以上、何も言えないと手で口を塞ぐ。

「遠征に言っていた間、俺のことを考えてくれたか？」

首を横に振ることはできなくて、目が泳ぐ。

「アイル？」

「でっ、でも貴方は私の治癒能力を確かめたくて嘘《うそ》を……」

「嘘はついていない。だが、黙っていたことは申し訳なかった」

まるで悪びれていない様子に少しむっとした。

「神殿で私の能力を確かめたのはどうしてですか？」

「言っただろう。城がお前の能力を疑っていると。お前ひとりが城と対峙《たいじ》したのでは、いいように使われて捨てられるだけだ。神殿にお前の力を認めさせることで、お前の後ろ盾にしたかった」

　ぱちり、とひとつ瞬《またた》きをする。

「待ってください。私の能力を利用したいとかではなく……？」

「利用？　どうしてだ。俺はアイルがほしいのであって、アイルの能力がほしいのではない」

　迷いのない言葉に力が抜ける。

「だって、一緒にお弁当を……」

「食べたかったに決まっている。ギリギリまで渡したくなくて、ずっと抱えていた。あれを渡したときは、本気で身を切られるような思いだった。渡すのが遅くなって神殿に行く時間もなくなったくらいだ」

　ぐっと拳《こぶし》を握りしめる姿は決して嘘をついているようには思えない。

「やっと遠征から戻って、アイルの料理を食べられると思っていたのに！　おまけに厨房にいれてくれなくなったではないか。俺がいったい、どれだけ我慢したと思っている！」

　まるでアイルが悪いかのように責め立てられて、顔が引きつる。

「アイル」

ゼスがアイルの帽子を取った。はらりと崩れた髪にそっと口づけするのを見て頬が染まる。

「難しいことは全部、頭から取っ払ってしまえ。お前の気持ちを聞きたい」

ぐっと唇を噛みしめる。

それはもうずっと前に自覚した素直な気持ち。

身分違いだからと諦めようとした、恋心。

「アイル、俺のことをどう思っている？」

「私は……」

目が逸《そ》らせない。まっすぐに自分を見つめる視線が、ワクワクした子供のようで。

どうして、ゼスはそんな顔をしているのか。

「ずっとゼスのことが頭から離れません。私は料理のことだけ考えてきたのに、いつのまにか貴方が私の中にいて」

そっとゼスの頬に手を伸ばす。

触れると、ゼスはゆっくり口角をあげる。

「ですが、この気持ちを言葉にしていいのか……わかりません。貴方は戦争の英雄で騎士団長だ」

「アイルは俺の地位が好きなのか？」

「そういうことではありません！」

ゼスがシャルゼス・グライアーであってもそうでなくても関係はない。

「ならば問題はない。まあ、地位が好きだと言うのなら、もっと上を目指してやらないこともないが」

「ゼス！」

「ああ、肝心なことを聞いていない。アイル、俺が好きか？」

「今はそういうことを言っているのではなくて」

「なんだ。好きじゃないのか」

「好きですけど、そういうことでは……」

叫んでから、アイルはハッとする。

今、自分は何を言ってしまったのか。

「アイル」

真っ赤になってうつむいてしまったアイルの頭に、そっとキスが落ちて。

「アイル、顔をあげてくれ」

慌てて首を横に振る。

あれだけ言わないようにと思っていたのに、勢いにまかせて言ってしまうなんて。

「アイル、顔が見たい」

耳元に口づけされて、ぎゅっと体が固くなる。

こういうとき、どうしていいかわからない。誰かからこんな風に甘い言葉をかけられることはなかった。それが好きな相手ならなおさらだ。

「アイル、顔をあげてくれなければ、好きにするぞ?」

好きにって、なんだ?

頭がぐるぐる回る。いますぐ倒れてしまいそうだ。

ゆるゆると顔をあげると、にっこりと微笑《ほほえ》まれた。微笑み返そうとして、顔が引きつる。

「あのっ……」

声が途切れたのは、ゼスの人差し指が唇に触れたからだ。

剣を握る指先は固い。だが、アイルの唇に触れているそれは優しく唇をなぞっていく。

「キス、していいか?」

「……っ!」

とろりと蕩《とろ》けそうな視線がアイルを捉える。

想像してしまった。

もしゼスがキスをすると言うのなら、どういうキスだろうか?

激しく、奪うようなキスかもしれない。息もできないくらい、唇を貪《むさぼ》られて声もあげられなくて。

「アイル?」

答えを返さないアイルに焦《じ》れたような声が聞こえる。

その声だけで、全身の力が抜けてしまいそうだ。情けない。好きな相手が愛していると言ってくれて、目の前で求めてくれているのに。

アイルはぐっと眉根を寄せた。

それから手を伸ばす。

ゼスの首に手を回すと、ゼスの体が思っていたよりずっと逞《たくま》しいことがわかった。

「ゼス、私は不器用です。料理に夢中になって貴方のことをほうっておくかもしれません」

「ああ。俺は料理に夢中なアイルも好きだ」

「恋愛ごとには疎くて色々と迷惑をかけると思います」

「知っている」

くすくすと笑うゼスは、アイルの鈍さを十分に体験しているらしい。それもそうかと大きくひとつ息をつく。

「それから人間関係を築くのも苦手なので、困らせると思います」

「平気だ。俺も人間関係は得意じゃない」

アイルの腰にゼスの手が回る。少し体が浮くような気がして、今の自分の気持ちのようだ。

「あのっ、それでよければゼスの恋人になっていいですか？」

言葉にした瞬間、わっと歓声が上がって。

アイルは再びここがどこであるかを思い出した。

「……なんですか？」

あの派手な告白劇から数日が過ぎた。今日は午後から神殿の炊き出しに向かう予定だが、その前にできることはやっておこうと第三騎士団の厨房に来ていた。

アイルはいつもどおりに仕事しているつもりだが、何か言いたげな視線が背中に突き刺さる。それは壁際に座るジグザと、鶏肉を捌《さば》いているガルと両方からだ。

「お前からふわふわと花でも飛んでくるかのようだ」

「は？」

浮き足立ちそうな気持ちを隠そうと皿洗いに没頭していたが、おかしなことをしていたのか。

「自覚がないのか。ずっとニヤニヤしながら、皿洗いしているぞ」

そんなはずはないと頬をこすってみる。

「まあ、あれだけ毎日、厨房でいちゃいちゃしていたんだ。うまくいってよかったな」

「いちゃいちゃなんて！」

いや、していたかもしれない。

今になって思えば、毎夜この厨房で他愛のない話をしていた。恋人のようなことはしていないが、友人というには近すぎる距離だった。

「あー！　もう時間だ、行かないと！」

耳まで赤くなって、アイルは慌てて声を上げる。まだ神殿の馬車が迎えに来るには早い時間だが、没頭していたせいで皿洗いも終わってしまった。

「そうだな。どうせ頭に花が咲いているアイルは集中できないだろう。行ってこいよ」

「はいっ、どうぞ！　俺もいますし、大丈夫です！」

ガルの後ろにいるのは、アイルが神殿に行くようになってこの厨房に配属されたドーズだ。まだ十五歳だが、よく気が利いて覚えも早い。

こんな風に浮かれて料理が手につかなくなる日が来るなど考えたこともなかった。

ベレー帽を脱いでポケットに押し込むと、三人の顔も見ずに厨房を飛び出した。いたたまれないとはこういう気持ちだ。

そのまま炊き出しに向かうつもりだったので、荷物は用意していた。エプロンを外してその中に入れるだけだ。どうせエプロンは炊き出しの場所でも使う。

「あー、もう」

顔が熱い気がして手で煽《あお》ぎながら歩く。

恋人ができるというのは、こんな風に世界が一変してしまうことなのか。

はやく落ち着かないと、料理中に失敗をしてしまうかもしれない。それだけは避けたい。

どぼどぼと風情のない噴水の音が聞こえてきて足を止める。

いつの間にか噴水の近くまで歩いていた。ゼスと待ち合わせた場所だ。ふたりで出かけるのだと、はしゃいでいたあの日を思い出して、少しだけ胸に影が落ちる。

「また、やり直せばいいですよね」

休みにはお弁当を持ってふたりで市場に行こう。今度こそ、広場でお弁当を広げて食べる。そうすればきっとあの日は幸せな記憶に塗り替えられる。

「次の休みにでもパンを焼きましょう」

まだゼスにアイルのパンを食べてもらっていない。

今度は時間をかけて生地を作ろう。お弁当には少し贅沢をして、いい素材を使って……。想像しているだけで足取りが軽くなるから不思議だ。


昼過ぎから準備が始まった炊き出しにはすでに多くの人が集まり始めていた。まるでお祭りのような活気だ。

前回とは違ってアイルは準備からかかわり、下ごしらえや味付けも積極的に手伝っている。城の厨房とは違い素人も多くいるので手際がいいとは言えないが、仕事のピリピリした空気とはまた違った一体感があって楽しい。

今日の料理はきっと喜んでもらえる。以前に炊き出しに来たときよりも、多くの人を笑顔にできるはずだ。手を動かしていると徐々に気分が高揚していく。

第三騎士団の人たちもアイルの料理を喜んでくれてはいるが、ここでは、また違った反応が見える。

ここにやってくるのは食べることに切実な人たちだ。笑顔のひとつひとつがアイルの心を揺さぶる。それは城の厨房では味わうことのできないものだ。

「アイルさん、こちらの鍋を見ていただいてもいいですか？」

ウェインに声をかけられて、野菜を切っていた手を止めて鍋に向かう。前回と同じように、動きやすい服に身を包んだウェインは、アイルのために味見用のシチューを小皿によそって手渡してくれた。

味を確かめて、アイルは鍋に調味料を加えて調えていく。

「やはり専門の人がいるとぐっとよくなりますねえ」

ウェインがにこにことしながらその様子を見守っている。

「いえ、私の力などわずかです」

この料理には計算されたものとはまた別の美味しさがある。

料理は少しのことで与える印象が変わる。いつもより背伸びをしたレストランでの食事が美味しく感じるのはその料理が持つものだけではなく、雰囲気も一緒に味わうからだ。

恋人に作るお弁当が特別なように、誰かが誰かのために作る料理もまた美味しくなる。

「こちらのスープの鍋はどこに置きますか？」

次々に料理が出来上がり、運ばれていく。そのひとつひとつを覗き込んでウェインが指示を出していく。

「ああ、それは向こうに運びましょう」

「あれは……？」

「アイルさんが大きくかかわっていた鍋ですので他のものより治癒の効果が大きく出ていました。特別扱いにします」

さらりと言われて、アイルは運ばれていく鍋を見つめる。

こうして別扱いされる鍋を見てもアイルは自分の力に実感がわかない。まだどこか他人事のような感覚がある。

「本当に役立っているのでしょうか」

「ええ、もちろんですよ。アイルさん、こちらへ」

ウェインに手招きされてついていくと、炊き出しをおこなっている広場の隅へ案内された。

そこには、敷物が敷かれていて、横になっている人や、ぜいぜいと荒い息をしている人たちが集まっている。

先ほど、特別扱いにしますと聞いた鍋が運び込まれて配膳の準備が始まった。

「こんにちは」

「ああ、神官様。ここに来れば、病のよくなる料理を食べられると聞いてきました」

ウェインが声をかけると、座っていたひとりの男が縋《すが》りつくようにウェインの袖《そで》を摑《つか》んだ。

ウェインはその手に自分の手を重ねて、男の前に膝をつく。

「ええ、順番にお渡しします。待っていてくださいね」

柔らかい声に安心したのか、男が手を離してウェインに祈りの言葉を捧げる。

「ようやくあの熱病からのがれられたのに、これほど後遺症が辛《つら》いとは……」

「後遺症ですか？」

ウェインが尋ねると、男は自分の足をさすりながら頷いた。

「私は去年、グジナウ国で熱病にかかりました。幸い、熱病自体は悪化することなく回復したのですが、そのあとに体中を襲う痛みが続いて夜も眠れません」

グジナウ国はラール王国の南に位置する国の名前だ。以前にウェインから聞いた情報を思い出す。治癒の能力を持った人が多くいて、治癒師と呼ばれている。ラール王国からは国境に高い山脈があるので、商人たちはカサンダ国を経由してグジナウ国へ向かう。男もそうやってグジナウ国に行ったはずだ。

長い間、国交がなかった国のものは珍しくて高い値段で取引される。危険は多いが、戻ってくる利益も高くなる。戦争で国が疲弊している今は、勝負に出る者も多い。危険を冒したからそうなったのだと男を責められる者はいない。

「グジナウ国ではかなりの人数が熱病にかかりました。亡くなった人も多いが、症状が軽かった私ですらこれほどの後遺症なら、あの国の人たちは今もきっと苦しんでいるでしょう」

話している間も、男はときおり顔を歪《ゆが》める。

それが一日中、続いているならその苦しみはアイルの想像を超えている。

「待っていてください」

アイルは急いで鍋に向かうと、男の分のスープを器に注いだ。

これが本当に男の症状を和らげるかはわからないが、少しでも力になってくれればいい。

「お待たせしました」

器をわたすと、男は何度も礼を言いながら両手で受け取った。まだ熱さの残るそれを、スプーンも使わず一気に喉《のど》の奥へ流し込む。

「あっ、急がずにゆっくり！」

慌てて器を男の口から外すが、男は再び器に口をつけた。

ごくごくと飲み込む音が聞こえるほど、必死に体に取り込もうとしている。

それほど痛みが辛いのだ。効果があるとまだはっきりしていない、熱い料理に必死になるほどに。

止めることもできずに、アイルは男が料理を平らげるのをじっと見守った。すべてを飲み干した男は、ゆっくりした動作で器を置いた。それから瞼《まぶた》を閉じる。

「あの……?」

アイルが声をかけると、男の瞼からひとすじの雫《しずく》が流れた。

「痛みはあいかわらずですが、久しぶりに美味いものを食べました。この症状が現れるようになってから、料理の味もわからなくなっていた。だが、これは美味いですね」

再び自分の足をさすりながら、男が微《かす》かに笑う。

「ええ。こうやって栄養をとってゆっくり養生してください」

「ゆっくり養生できる間など、私には……」

男が握りしめる拳が震えていた。

働き盛りの男が、痛みに苦しんで寝るのもままならないなら生活は苦しいはずだ。妻や子がいるなら、その人たちの生活も背負わなくてはならないのに、体が動かないのは悔しいはずだ。

「大丈夫です。きっとよくなります」

ウェインが祈りを捧げるために手を組む。アイルも慌ててそれに倣《なら》った。祈りで男の苦しみを取り去ることはできないが誰かが自分のために祈ってくれることはきっとこれからの助けになる。

「ありがとう、ございます」

男が深々と頭を下げる。周囲では立ち上がれない者たちのために器が運ばれていき、並ぶ人も増えてきた。

「私も手伝います」

できるだけ多くの人に料理を届けたい。少しでも役に立てるのなら、これほど嬉《うれ》しいことはない。

「では一緒に」

ウェインと共に鍋の料理を次々と人々に届けていく。足りなくなれば、また作ればいい。とにかく、たくさんの人にとアイルは必死に動いた。

やがて日が傾き始め、炊き出しに来ていた人々も少なくなり後片付けが始まった。

アイルが作った料理は、ウェインの指示で各所に配られ、そうでないものも集まった人々に配られていく。

日々の生活に苦しんでいる人々にはほんのひとときの助けだ。

根本的に生活を改善するものではない。だが、そのひとときに少しでも笑顔があるならそれは間違いなく救いだ。

「あの……」

鍋を洗っていると、後ろから声をかけられた。振り返ると、熱病の後遺症で体が痛いのだと言っていた男がアイルの側にいた。

「どうしましたか？」

「神官様にお礼をと思いまして」

「あ、私は神官ではありません。それに先ほど、十分いただきましたよ」

「ああ、それなら伝えていただけますか。先ほどよりずっと体が軽いのです。痛みもずいぶん和らぎました。これなら、今日は眠れそうです」

深々と頭を下げる男を見て、どくりと心臓が高鳴った。顔をあげた男は嬉しそうに笑っている。

「では、これで」

去っていく男の姿を見ながら、そっと胸を押さえた。

痛みが和らいだということは、アイルの料理に効果があったということだ。

もしかしたら、栄養をとったことで症状が軽くなっただけかもしれないが、間違いなく男の表情は晴れ晴れとしていた。

アイルは自分の手をじっと見つめる。

「ゼスの怪我、おばあちゃんの咳、あの人の痛み」

まっすぐに礼を言われたのはその三つだけだが、アイルの料理は確実に誰かを救えている。

「アイルさん、少しよろしいでしょうか」

ウェインが離れた場所で手招きをしていた。近くの人が、鍋を洗うのを代わってくれてアイルはウェインのもとへ走る。

「アイルさんはこの後、時間がありますか？」

「この後ですか？」

　城に戻れば、第三騎士団の厨房へ手伝いに行こうと思っていたが、今日は人手が足りている。行かなくても怒られはしない。

「紹介したい方がいるのです。今、ちょうどこの国へグジナウ国の使者がいらしているのは知っていますか？」

　グジナウ国とは先ほど男が言っていた国だ。

「いえ」

　隣国からの使者を迎える晩餐会《ばんさんかい》の料理を作ったのは二週間ほど前の話だ。あのときの使者がグジナウ国からのものだったとは知らなかったが、そのあとに他国から誰かが来たという話は聞いていない。

「彼らがアイルさんに会いたいと言っています」

「え？」

　アイルは戸惑って口元に手を当てる。

　身分もない。ただの料理人のアイルに他国の使者が会いたいなどということはありえない。

「何か特別な用事でしょうか」

「ええ。先にお話ししていた方がいいでしょう。彼らはアイルさんを自国に招きたいと言っています」

自国とは、グジナウ国に？

「それは……」

「先ほど、熱病の後遺症を持っている方がいたでしょう？　グジナウ国は今、国全体が苦しんでいるのです」

ぎゅっとエプロンの端を握る。

男の話を聞いたとき、隣国とはいえ遠い地での出来事に現実感がなかった。だが、それを目の前に差し出されてアイルは小さく震える。

「もちろん、アイルさんの意思が重要ですが、グジナウ国の方はもうすぐ帰国なさるのでその前に一度お話をしたいと言っています」

「あの」

アイルは行けない。

まだ料理を学びたい。せっかく第三騎士団の厨房に戻って来た。あの場所でしっかり勉強していきたい。

それに、ゼスとは恋人になったばかりだ。

これからどうなるかはわからないが、ゼスは国の英雄だ。アイルがグジナウ国に行くことになれば長い間、離れることになる。

行けないとはっきりしているのに、断る言葉が口から出てこない。

先ほどの男が、頭を下げた光景が浮かんでくる。料理を口にする間に、苦しんでいた姿やアイルの料理を必死に飲み干そうとする姿もだ。

自分の中に迷いがあると気がついて戸惑った。声を出せずにいると、ふと背後に影がさした。振り返ると、予想外の人物がいて息が止まりそうになる。どうしているのだとそればかりが頭を占めた。

「ゼ……グライアー様」

いつもどおり、ゼスと呼びそうになって慌てて呼び方を変える。ゼスはぴくりと頬を引きつらせたが、何も言わずにウェインを睨《にら》みつけた。

「うちの料理人をおかしなことに誘わないでくれ」

アイルを背後に庇《かば》うように立ったゼスが厳しい声音で告げる。

「おや、お迎えですか」

突然現れたゼスに驚く様子もないのは、ウェインからはゼスが近づいてくるのが見えていたからだ。その上でグジナウ国の使者の話を持ち出したのは、アイルに逃げ道を用意してくれたのかもしれない。

どちらにも偏らない中立な立場をとる神官たちは常に強制はしない。アイルが断れないからと話を推し進めるのではなく、アイルの味方が側にいる状況を許してくれた。

「ああ。アイルはグジナウ国の使者には会わない。しっかり伝えておけ」

ぐっとゼスに腕を摑まれて、アイルは歩き出す。

「あの、ゼス……」

「お前が迷うのはわかる。だが、迷うならやめておけ。あの腹黒神官も、グジナウ国の連中も一筋縄ではいかない奴らばかりだ。アイルの迷いに付け込んで、知らない間にグジナウ国行きを決められるぞ」

ごくりと唾《つば》をのみ込んだ。

「ゼスはウェイン様を知っているのですか?」

「ああ。終戦時に何度も顔を合わせた。キルリアの神官は戦争にも首を突っ込んで、仲裁だと言いながらかき回す」

以前にウェインから国の仲裁もするのだと聞いたが、それほど大きくふたりがかかわっていたとは思わなかった。

「アイルの迷いなど、あいつはすぐに見抜いて利用する」

利用されるかどうかはわからないが、確かにアイルは迷った。

自分の力が助けになるのならば、グジナウ国に行くこともと考えてしまった。

「すみません、はっきり言えなくて」

「いい。アイルはそのままでいい。煩わしいことは俺が全部引き受ける」

ゼスの言葉は心強い。

だが、これは本当に煩わしいことなのかと疑問が胸に残った。

「アイル、すまない。こっちの食材が第二厨房に行っていたらしい。取りに行ってくれるか？」

「はいっ」

翌日、第三騎士団の厨房でいつものように仕込みをしていたらジグザに声をかけられた。昼を少し過ぎたところで、まだ夕食までは十分に時間がある。

第二厨房ならば、こちらの厨房よりずっと立場が上だ。向こうが間違っていたとしても食材を持って来てはくれない。

「私ひとりで大丈夫な量ですか？」

「ああ、調味料だ。それに今日はガルもドーズも来るからゆっくりでいいぞ」

渡されたメモには、いくつかの調味料の名前があった。これなら籠《かご》を持っていけばひとりで運べる。

「行ってきます」

ゆっくりでいいと言われたのに、すぐ厨房を飛び出したのは早く戻って仕込みを続けたいからだ。

とにかく、動いていたい。

昨日からずっと悩み続けていることに蓋《ふた》をしたくて、アイルは早足で歩く。

じっとしていると、痛みで眠れないと言っていた男の顔が浮かんでくる。それから痛みが軽くなったと報告してきた時の笑顔が。

アイルは自分の持つ天秤《てんびん》が大きく片方に傾こうとしているのに気づかないふりをしていた。

「ゼス」

ぐっと奥歯を噛みしめる。

自分はひどい人間だ。苦しんでいる人がいるというのに、その名前を呼ぶ。ゼスの側にいたいと心が叫んでいる。

どぽどぽと音が聞こえてきて、噴水が近いことに気がついた。この噴水の脇を通って内門に向かえば第二厨房はそう遠くない。

「あれ？」

やがて見えてきた魚の噴水の側には、人影があった。フードのついたローブを着ているが、その体格はゼスよりひとまわり大きい。きっと剣を持つ人だ。第三騎士団の人たちと同じような雰囲気を持っている。

ここは城では辺鄙《へんぴ》な場所にあるし、不格好で人気のない噴水だ。そうそう人を見かけることはないが、何かあったのだろうか。

「こんにちは」

挨拶《あいさつ》すると、フードを目深に被《かぶ》った男はぺこりと頭を下げた。

このまますれ違うだけのはずなのに、男がすっと体を寄せた。進路を塞がれてアイルは立ち止まる。

「あの……?」

何か用だろうか。

ああ、もしかすると道に迷ったのかもしれない。そうでなくて、この不格好な魚の噴水の側にいる理由はない。

「このあたりは城の西側にあたります。そっちの道を行けば、外門に出られますよ」

右側の道を指して、それではと足を進めようとするが男がまた進路を塞ぐように動いた。

「あの、門……。案内、お願い」

「え?」

片言で話しかけられてアイルは戸惑った。

男がゆっくりと被っていたフードをとる。褐色の肌はこの国では滅多に見かけない。

この国の人でないなら迷子になることもあると納得した。

短く刈られた黒い髪に、深い青の瞳の男だ。精悍《せいかん》な顔立ちだが、きりりと太い眉が今は八の字に曲がっている。

「私、ベッズィ言います」

「ベッ……ズィ、さん？」

呼びにくい名前だが、口にするとベッズィと名乗った男はにこりと微笑んだ。眉が八の字に曲がったままなので少し情けない顔だ。

「迷子。門、行きたいです」

大きな動作で、色々な方向を指さす様子はどこか滑稽《こっけい》だ。申し訳ないと思いながらもつい笑ってしまう。

「私は城の料理人でアイルといいます。いいですよ、門まで一緒に行きましょう」

調味料を持って帰るのは少し遅くなるが、今日はジグザもドーズもいる。厨房はうまくまわるはずだ。

「あり、ありが！」

おかしなところで区切れた言葉だが、ベッズィの様子で伝えたいことは十分に理解できる。喜ぶ様子が、まるで大型犬のようで微笑ましい。

こちらですよ、と右側の道に誘導して一緒に歩き始めた。門まではそう遠くない。

「名前、アイル？」

「はい。アイルです」

ベッズィはアイルに合わせて歩幅を小さくしてくれている。道案内されている身として気を遣ってくれている。にこりと笑う顔は子供の様に無邪気だ。

「ベッズィさんはどちらの国の方ですか？」

「私、グジナウ。グジナウ国から来た」

ぴたりとアイルの足が止まった。不思議そうに首を傾《かし》げるベッズィは、アイルの正体を知らないようだ。

「グジナウ国はどのようなところですか？」

「とっても、いい国！」

迷いのない答えだ。気づかないふりをしてアイルは一緒に歩き始める。

「緑、綺麗。海、ある」

「海ですか！」

この国にも海はあるが、アイルはまだ海を見たことがない。ゼスといった市場で見た蟹《かに》や貝がたくさんあるのを想像して、ごくりと喉が鳴る。

「とても豊か、国、でした」

「でした？」

過去形になってしまった言葉にアイルは戸惑う。

「ええ。でした。……あっ、門！」

顔をあげると、大きな外門が見える。これならばもう迷うことはないと足を止めると、ぐっと腕を摑まれた。

「ベッズィさん？」

「お礼、します。外」

「大丈夫ですよ。私は仕事もありますし」

「いえ、外。私、馬車」

身振りと単語で伝えようとしているのは、お礼をしたいから外にいる馬車までついて来てくれということだ。

「たいしたことはしていませんし、私は仕事に戻らないといけません」

「大丈夫、少し！」

アイルの腕を摑む手は、力強く振り払えそうにない。

「あの、仕事が！」

腕を引かれたまま、ぐいぐいと門の外へ連れ出された。門の脇に立つ警備兵は入ってくる相手には厳しくとも、出て行く者に対して詮議《せんぎ》はしない。まして頻繁に市場へ出向くアイルのことを呼び止めたりはしなかった。

「あれ。あそこ」

ベッズィが指さす先には、一台の馬車が止まっている。門からはほんの十メートルほど先だ。

黒く塗られた車体はよく手入れされていて、きらりと光っている。

貴族が乗るには意匠が控え目だが、乗合馬車しか知らないアイルにとっては十分に高級なものに見えた。

馬車の扉は開かれていて、誰かが乗り込むのを待っている。あれがベッズィの馬車なら、ベッズィが来ないことを心配していたはずだ。

「早く行ってあげたほうがいいですよ」

「ええ、だからアイル、いっしょ！」

馬車までは少しの距離だ。ここで固辞して遅くなるより、ベッズィを馬車まで案内してその隙《すき》に逃げてしまったほうが早いかもしれない。

「わかりましたから、強く引かないでください」

諦めの溜息《ためいき》をついて、アイルはベッズィと一緒に馬車へ向かう。馬車へ近づくと、ひとりの男が降りてきた。

年頃は四十歳半ばで、ベッズィと同じように鍛えられた体の持ち主だ。軍服のようにも見えるかっちりとした服はこの国のものではない。

きっと身分の高い人だ。城で働いているとはいえ、平民であるアイルは貴族と接することはまずない。下手に挨拶などして不興を買ってしまえば、どうなるかわからない。

「あの、私はここで……」

「だい、じょぶ！」

早々に逃げていたほうがよかったかもしれないと思うが、背中にぴたりとベッズィが体を寄せた。

「あの……？」

近い距離だ。それにアイルが避けようとするたびにベッズィがわずかに体の向きを変えて一歩も動けない。その不自然さにじわりと額に汗が滲《にじ》んだ。

「すみません。アイルさん。このような手段はとりたくありませんでした」

耳元で聞こえたのは流ちょうなこの国の言葉だった。先ほどまでは片言でしゃべっていたベッズィが発したものだと気がついて体が強張《こわば》る。

いくら門のすぐ側だとはいえ、体の大きなベッズィが背後に立っていてはアイルの様子は警備兵から見えない。

よくない状況だと気づいてもどうしようもなかった。

「馬車に乗っていただけますか？　中でお話をしましょう」

馬車から降りてきた男がアイルに微笑みかける。その声は表情とは対照的に冷たいものだ。

アイルの意思など最初から求めていない。

叫び声をあげそうになった口元をベッズィの手が押さえた。

「貴方が希望なのです。申し訳ありません」

何を謝っているのか。

そう問いかける間もなく首筋に痛みが走り、視界が暗闇に閉ざされた。


ガタガタと揺れる音に目が覚める。

重い瞼を持ち上げると、すぐ目の前に座る人影が見えた。

「……？」

周囲は薄暗く、床が揺れている。この揺れは馬車だ。馬車……？　どうして馬車に乗っているのか。

ゆっくりと覚醒《かくせい》していく中で、疑問ばかりが増えていく。

見上げる馬車の窓から見える空は暗い。

いつの間に夜になったのか。夜だとすれば、もうすぐお腹をすかせた第三騎士団の者たちが我先にと食堂にやってくるはずだ。

「ゆ、夕食っ！」

その瞬間に、意識がはっきりした。

アイルは仕込みの途中で第二厨房《ちゅうぼう》に食材を取りにいくところだった。それ自体はそれほど重要ではないが、夕食の一番忙しい時間にアイルがいないということは問題だ。

「……っ」

急に体を起こしたためか、くらりと眩暈《めまい》がする。慌てたように目の前の人影が手を差し出してきて、びくりと体が震えた。

「誰ですか」

知らない顔だ。いや、違う。見たことがあると必死で記憶を探る。

「あ……」

ベッズィに案内された馬車の前にいた男だ。ベッズィ？　道案内を頼んできた片言の男を思い浮かべて首を傾《かし》げた。

「ここは？」

起き上がろうとして、首筋が痛む。耐えられないほどではなかったが、つい手を当てた。

ベッズィを門まで案内したあと、門の近くに停まっていた馬車があって……。それから先の記憶がはっきりしていない。

「すみません。部下が手荒な真似《まね》をいたしました」

男がすっと頭を下げる。

手荒な真似と言われても心当たりがない。

「あのっ、ここはどこですか？　私は食堂で夕食の準備を……いや、準備はもう終わっていると思うのですが、あのっ、仕事がありますので」

馬車の中だということは聞かなくてもわかる。

つまりそれは第三騎士団の食堂からは確実に遠ざかっているということだ。

早く戻らなければならない。調味料はどうにかなったかもしれないが、早く料理を提供するには料理人がひとりでも多い方がいい。もし提供が終わってしまっていても、後片付けがある。

「お、降ろしてもらえれば、どうにかひとりで戻りますので馬車を止めていただけませんか」

「それは無理です」

「でも……っ、あの……っ」

「私どもは、貴方をさらってきました」

低い声に体が固まる。

「さらって……？」

男の言葉を繰り返す。

さらってきました？

心臓がバクバクと音を立て始める。

戦争で治安が悪くなり始めたころ、ひとりでは絶対に行動するなと両親にきつく言われた。人さらいにあうと二度と故郷には戻れなくなる。ひどい扱いを受けて、命すら危うくなるからと。

「ど……っ、どうして」

目の前の男の顔が真っ黒に見える。笑っているのか、怒っているのかを確認する余裕もなくて声が引きつった。

手も、足も縛られてはいない。自由に動く。

逃げなければと咄嗟《とっさ》に馬車の扉に手を伸ばした。

だが、その手は男に摑《つか》まれて止まる。

「やめておいた方がいい。走る馬車から飛び降りるには、命の危険があります」

痛くはないが強い力で、振りほどけない。男はアイルの手をそっとアイルの膝《ひざ》の上に置いた。

「それに無事に飛び降りたとしても、周囲は屈強な兵士に守らせています。貴方では逃げ切れない」

ガタガタと揺れる馬車の音に紛れて、いくつもの馬の嘶《いなな》きが聞こえた。怖くなってアイルはぶるりと震える。

アイルの意思を無視したまま、馬車はずっと走り続けている。ガラガラと回る車輪の音が、アイルを遠くに連れて行こうとしている。どこを走っているかもわからない馬車で、周囲に騎馬の者もいるとなればアイルに逃げる術《すべ》はない。

どうしよう？

どうすればいい？

それだけが頭の中をぐるぐると回って考えがまとまらない。

「強引な手段であったことはお詫《わ》びいたします」

謝られていることは確かだが、事態が理解の範疇《はんちゅう》を超えている。

「わ、私をさらったところで何もありません。私は平民ですし、実家は貧しい辺境の定食屋です」

人さらいは二種類いる。身代金目的と、人身売買目的だ。もし身代金目的なら価値がないと思わせることでどうにか解放してもらえないだろうか。

「ほう、ご実家は定食屋ですか」

「はい。国境近くの小さな町で……いや、あのそうではなくて」

会話がしたいわけではない。膝の上の手をぎゅっと握りしめて、アイルは目を閉じる。

「危害は加えません。私どもは貴方と話がしたい」

大きく首を横に振る。

アイルに話すことはない。ただ、帰してほしい。

「どうして私を……」

うまく言葉がみつからない。痛む首筋に再び手を当てて、ようやく思い出した。グジナウ国からきたというベッズィを案内してそこで意識が途切れたことを。

『すみません。アイルさん。このような手段はとりたくありませんでした』

急に流ちょうにしゃべり始めたベッズィの言葉が頭を過《よぎ》る。

『貴方が希望なのです。申し訳ありません』

希望？

ベッズィはグジナウ国から来たと言っていた。

そしてグジナウ国は、熱病の流行《はや》った国だ。炊き出しで、体が痛むと言っていた男が口にした国名はグジナウ国だった。

だとすればただの人さらいではない。

「私はグジナウ国のバルズィと申します」

男が柔らかい口調で名乗る。さらわれたと聞いていなければ、つい気を許してしまいそうだ。

ぐっと拳《こぶし》を握りしめて、気を引き締める。落ち着けと心の中で自分に言い聞かせていると、ぼんやりと男の表情が見えてきた。

恐ろしい顔をしているかもしれない。そうでなければ、狡猾《こっけい》な顔でアイルを騙《だま》そうとしているかもしれない。

だが、ようやく見えてきた表情は穏やかな……少し悲しそうな表情で驚いた。

「バルズィ、さん？」

予想と反したその表情が気になる。どうして悲しそうな顔をしているのだろう？　アイルをさらって、目的は達成している。だがバルズィが見ているものはもっと別のことのようだ。

「はい」

アイルに応える声も、消えいりそうなほど小さな声だ。

聞きたいことはたくさんあったが、ふっと体の力が抜けた。

「私はどれくらい寝ていたのですか」

「半日ほどでしょうか」

アイルはきょろきょろと視線をさまよわせた。

それだけの間、馬車を走らせればどこまで行ける？

王都は国の西側にある。グジナウ国に行くにはカサンダ国を経由するというから、東に向かっているはずだ。アイルの故郷であるイゼスの町も同じ方角なので、少しは場所がわかるだろうかと窓の外を見たが、真っ暗な中では見当もつかない。

「お腹が空いていませんか？　果物とパンは用意してあります」

とても口にする気にはなれなくて首を横に振る。

「では次の休憩のときにでも。水だけはどうかおとりください」

皮で作られた水筒を差し出されるが、もてあまして座席に置いた。

「どうして私を……？」

にこりと笑顔を向けるバルズィに混乱する。もしアイルに価値があるとすれば、治癒の能力だがそれはまだ不確定なことが多い力だ。

「まずはもう一度、謝罪をさせてください」

バルズィはゆっくり頭を下げた。

「本来なら、じっくり交渉するべきところでした。ですが貴方の国にいられる時間はもうなかった。私たちは帰国しなければならなかった」

アイルはハッとする。

隣国から来ていた使者のための晩餐会は二週間ほど前だった。使者が滞在できる期間はそう長くはない。アイルに会いたいと願ったのも、帰国が近づいていたからだ。

「貴方がいれば国が救われる。我が国には時間がない。すべての責任は私にあります」

「待ってください。国を救うとはどういうことですか？　私はただの料理人です」

慌てて否定をするが、顔をあげたバルズィはゆっくり首を横に振った。

「ご謙遜《けんそん》を。神殿を通じて、貴方の能力を知ったとき私はすぐに国を飛び出しました。貴方が城で働いているから手続きが難しく、直接会うこともできなかったが、本当は頭を下げてお迎えしたかったのです。貴方は立派な治癒師です」

グジナウ国では治癒の力を持つ者を治癒師と呼ぶとは聞いていたが、不安定なアイルまでその中に入るのか。

「グジナウ国では昨年、原因不明の熱病が広がりました」

バルズィは少し眉を下げる。

「熱病は収まりましたが、後遺症で体中に痛みが走る。病気自体はもうよくなっているから、治す薬もない。ただ、痛み止めを飲むしかございません。国にいる治癒師では治すにもひとりひとり当たるしかなく、時間がかかってしまいます」

炊き出しで出会った男の顔が頭に浮かんだ。体が痛いとウェインの袖にしがみ付いていた男は、アイルの料理を一気に流し込んだ。

視線が馬車の窓へ向かう。その先に広がるのは暗闇だが、まっすぐにバルズィの顔を見られない。

「全身に広がる痛みで命を絶とうとする者もおります。痛み止めにも限りがある。全員に行きわたるものではないし、痛み止めを服用しすぎて体調を崩す場合もございます」

命を絶とうとするほどの痛みと言われてぎゅっと全身に力が入った。

「治癒の力で治すことはできます。ですが、我が国に治癒師が多いとはいえ、その数は五人です。ひとりを治すのにも多くの力を消費し、とてもではないが追いつかない。そのようなとき、こちらの国で料理に治癒の力を入れられる者がいると聞きました。多岐にわたり一度に治療できるものならと急いで参りましたが……晩餐会《ばんさんかい》で出された料理に治癒の力はなかった」

晩餐会でアイルが作った料理は、テリーヌだ。あのときは伝統料理の味を再現することに重点を置いていた。治癒の力を求めていたなら、効果がほとんどなかったテリーヌにがっかりしたはずだ。

「ですが、先日アイル殿は炊き出しを行われましたよね」

「あ……」

「その場所での貴方の料理には希望がありました」

あの光景をバルズィも見ていたのか。痛みが和らいだと笑う男の顔を。

ウェインがグジナウ国の使者に会わないかと聞いてきたのもあのときだ。すぐ近くにいたのかもしれない。だが、話を断り、近くにゼスがいたのでは話しかけることはできなかった。

「どうか力を貸してください」

まっすぐな言葉に戸惑う。

「私の力は……」

治癒の力は確かにあるが、人々を救えるほどかと聞かれればあやふやだ。

「貴方が希望なのです」

切羽詰まった声だった。

「多くの者が命を落とした後です。身近な者を亡くし、気力を失ったところに後遺症では……耐えられない者の方が多い。せっかく助かった命を無駄にしたくはないのです」

バルズィが膝の上で拳を握りしめる。

力を入れすぎて小さく震える手は平民の料理人でしかないアイルの答えを待っている。

「あの、馬車を止めていただけませんか」

アイルが告げると、バルズィが大きく息を吐いた。

「それはできません」

「でもっ、それでは……っ」

バルズィはアイルに願いながら、アイルの意思など求めていない。

「すみません。無理なお願いなのは承知しておりますが、どうか我が国の民を助けていただけないでしょうか」

バルズィが再び深く頭を下げた。

「どうか……っ！」

ぎゅっと握るバルズィの拳は小さく震えている。

身勝手な願いとは本人もわかっているはずだ。時間がないからと勝手に連れてきて、助けてくれなど虫のいい話だから。

嫌だと言えばいい。

このまま連れて行かれても、誰も救うことはできないと言えばいい。

だが、その言葉が出て来なくてアイルは口を閉じる。

アイルは見てしまった。あの炊き出しで、体が痛いと苦しむ男を。そして、自分の料理で痛みが和らいだのだと笑う男を。

「私は……」

ずっと料理で人を笑顔にしたいと思ってきた。

そのために腕を磨いてきた。

美味しい料理はそれだけで人を笑顔にする。気持ちが込められた料理はもっとだ。

痛みに苦しむ人を救うことができるかもしれない。

だが、ゼスの顔や第三騎士団の厨房で働く人たちの顔が浮かぶ。きっと心配をかけている。

急にいなくなったアイルを探してくれているはずだ。

「すみません。このままでは行けません」

「このままでは、とは？」

「私は今まで色々な方に助けられて料理を学ぶことができました。その方たちに黙って……まして、突然いなくなるような形では行けません」

行けないという言葉を口にすることが苦しい。まだ迷う気持ちはあるが、それでもゼスや厨房の人たちに黙って行くようなことはできない。

「わかりました」

すっとバルズィの声から感情が消えた。わかりましたと言ってくれているのに、逆に不安を感じる。

「あの……」

「とにかく我が国まではご同行ください」

「ですがっ！」

「もう後には引けないのです」

アイルはただ呆然《ぼうぜん》としてガラガラと響く車輪の音を聞いた。


馬車は夜通し、道を駆け抜けた。

バルズィはあれから一言も話さずに、アイルはただ白んでいく空を見つめていた。馬車が停まったのは夜が明けてしばらくたってからだ。

アイルがさらわれたのが昨日の昼を過ぎた時間なので、丸一日が過ぎようとしている。

「アイルさんはそこで」

バルズィは馬車が停まるとすぐに降りたが、代わりに馬車の扉の前にはベッズィが立った。反対側にも別の兵士がいる。休憩とはいえ、アイルを馬車から出す気はないようだ。

「ここは……」

アイルが窓に顔を近づけると、ベッズィがぎゅっと眉根を寄せた。気にせずに周囲を見渡す。森の中だ。

王都から東へ向かう道で森の中を通る道は南へ下ってカサンダ国へ行く道だ。グジナウ国はアイルのいるラール王国の南なので、より南側からカサンダに入国するのが近い。

カサンダ国は戦争でラール王国に負けた。そのために今も治安はあまりよくない。カサンダ国での日程を短くするためには最善の道だ。

だが、この道は……。

アイルはごくりと唾《つば》をのみ込む。

「近い」

ここはアイルの故郷から馬で数時間ほどいった先だ。

アイルの故郷から王都までは乗合馬車だと五日はかかるが、夜通し全力で駆け抜けるとこれほど早くつくのかと驚いた。

この先にはただ国境へと続く道があるだけだ。

馬車が通るのがやっとの道で、地元の者しか使わない。

ラール王国からカサンダ国へ向かうには、王都からまっすぐ東へ向かう大きな道を使うか、観光もかねてさらに北の海沿いを進むかだ。グジナウ国へ向かう前提でカサンダ国へ向かう旅人は少ない。

たまに南寄りの道を使う者がいたとしても、アイルの故郷の近くにはもっと整備された道がある。町もあるので、そちらを使うのが普通だ。

何もない道だが、アイルは知っている。この道をそれて奥に進むと、猟師が家族で住んでいる。

アイルの実家によく肉を届けてくれる人だ。

たくさんの獲物をしとめたときにはアイルの父が馬車で肉を取りに行くこともあった。そういうときにはよく兄とふたりでついていき、解体をしている間は猟師の子供たちと遊んだ。

戦争が始まってからは治安も悪くなり、家族で肉を取りに行くことはなくなったが、それでも猟師は定食屋に肉を届けてくれていた。今もきっと同じように生活しているはずだ。逃げられるかもしれない。

この馬車は兵士に囲まれているが、その兵士たちはアイルを傷つけることができないはずだ。このあたりの地理を知っているアイルなら可能性はある。

座席にあった水筒を服の中にしまい込むと、アイルは馬車の窓を叩《たた》いた。

振り返ったベッズィが近づいて来る。

「あの、すみません。お手洗いに行きたくて」

「わかりました」

あっさりと馬車の扉が開いた。馬車から降りると、一斉に視線を浴びる。グジナウ国の兵士は全部で十人ほどだ。その誰もが、アイルより体格がいい。ただ闇雲に走っても逃げられない。

お手洗いの設備が近くにあるわけではなく、用を足すのは自然の中だ。

ついてきたのは、ベッズィも合わせてふたり。二メートルほど離れて立ったふたりの間の茂みを指されて、アイルはそちらへ向かう。

そして走り出した。馬車とは反対側の茂みへ。

「アイルさんっ！」

ベッズィの鋭い声が飛ぶ。そこからは聞き取れない声が続いた。きっとグジナウ国の言葉で応援を要請している。

だが、この先は……。

鬱蒼《うっそう》とした森の中、急に視界が広がる。そこは崖《がけ》だ。十メートルほど下に川が流れていて、逃げ場はない。だからこそ、アイルがお手洗いにと言っても許してくれた。この先が崖だとわかっていたからだ。

「アイルさん、こちらへ」

手を伸ばすベッズィに首を横に振る。

アイルはゆっくりと崖に一歩を踏みだした。

悲鳴のような叫びが聞こえる。

アイルが崖下へ落ちたと思ったはずだ。だが、ここには小さな出っ張りがある。人ひとりがようやく立てるほどの場所だ。アイルがここにいるとわかっても、上からではどうしようもない。

馬車が休憩していたのは、狭い道が続く森の道の中で数少ない開けた場所だった。そこは猟師と待ち合わせをするときも使ったし、この近くでもよく遊んだ。

大人から見て危険な場所でも、子供たちには格好の遊び場となる場所がある。それがこの崖

だ。

いくつかのこうしたでっぱりや、足をかけても平気な岩。体重をかけても平気な木の根。そういったものを子供たちはよく知っていた。

いつの間にか崖下で遊んでいるところを見つかって怒られたのを覚えている。

「アイルさんっ！」

崖を覗《のぞ》き込んだベッズィと目が合った。だが、アイルの立つ場所は大人ふたりを支えられるほどの強度はない。落ち着いて降りていけば大丈夫だ。彼らが下へ降りる手段を見つけるまでには逃げられる。

上から聞こえる騒がしい声を無視して、アイルは記憶を頼りに崖を降りていく。

痩《や》せていてよかった。もう少し体重があれば、どこかで足を滑らせていた。

どうにか崖下までたどり着いてほっと息を吐く。見上げると、上は騒がしいままだ。まだ降りられる方法を見つけていない。

この間にできるだけ距離を稼がなければならない。

崩れ落ちそうになる足を叩いて、アイルは走り出した。

「あれ、アイル？」

間の抜けた声に膝から力が抜けそうになった。

もう日が暮れようとしている時間だ。アイルはあれからどうにか猟師の家にたどりつき、馬を借りて故郷のイゼスの町へたどりついた。さすがに借りた馬で王都までは走れない。

イゼスの町にある家は全部で百軒程度だ。少し離れた場所に牧畜を行う農家がいくつかあるが全部を合わせても百二十軒には満たない。それが全部の小さな町で、戦争のときは三分の一ほどに人数が減っていた。

バルズィもベッズィもアイルがこの町の出身だとまでは知らないはずだ。すぐには探しに来ない。

もしバルズィたちに見つかってしまっても、自分のおかれた状況を王都へ伝えることはできる。ここにはアイルの味方となってくれる家族がいる。

町のメインの通り……とはいえ、定食屋はひとつだけで、あとは八百屋と雑貨屋、宿屋があるだけのちょっと広い道に入ったところで兄のエイルを見つけた。

「アイルだ。本物か？」

ぴんと張りつめていた気持ちが、ほんわりしたその声に一気に崩れていく。

エイルはアイルより頭ひとつぶん、背が高い。髪と目の色は同じだが、くるりと丸い小さな目でどこか憎めない顔立ちだ。

「帰ってくるなら連絡くらいよこせよ。なんだ、随分薄汚れて……いや、汚ったねえなあ。お前。どうした?」

遠慮のない言葉に乾いた笑いを返すしかない。

他国の使者にさらわれて、必死に逃げてきたと説明したところでよくできた作り話だと笑われるだけだ。

現実味のない突拍子もない状況と、エイルが目の前にいる現実がうまく結びつかずに声が出なかった。

「宿屋は?」

ようやく出た言葉はそんなどうでもいい問いだ。

「そんなの、戦争が終わって廃業したよ。お前。宿に泊まるつもりだったのか?」

どうやら宿屋はもうないらしい。まあ、もともと戦争が始まってから作られたいかがわしい宿屋だったのでこの町の住人からの需要はなかった。

「ちがうよ。寂れているなって」

会話を続けながら心が次第に落ち着いていく。

「おーおー、都会に住む人は言うことが違うねえ」

すっかり身についていたと思っていた丁寧な言葉遣いがあっさりとはがれていて自分でも驚いた。

「その馬、見たことあるなあ。ああ、猟師のところのか!」

「ああ。ちょっと急ぎで借りた。話すと長いから家に入れてよ」

「当たり前だ。湯を用意してやるから、体を拭《ふ》けよ。あとで風呂も焚いてやるから」

田舎では風呂があることも贅沢《ぜいたく》だ。多くの薪《まき》を使うし、水を運ぶのも重労働となる。アイルの家に風呂があるのは、母親が結婚の条件にしたためだ。父は母のために風呂を作って求婚した。家を建てるより大変だったと言っているのは嘘ではない。町で唯一の宿屋にあった風呂でさえ蒸し風呂だった。

「ありがとう」

馬を繋《つな》いで裏口から入ると両親に大層驚かれた。

だが再会を喜んだあとはエイルと同じように汚いと言われて、早々に体を拭きに部屋へ行く。

アイルの家の造りは、定食屋と住居が一緒になったものだ。コの字型の平屋で、コの下の部分が定食屋で通りに面していて、縦の部分が厨房となり上の部分が住居だ。コの内側は中庭となっていて、井戸と肉を解体するスペースがある。ぽつんと独立した小さな建物は風呂場とお手洗いだ。

居住部分に居間はない。家族の食事はいつも店か厨房で済ませている。

部屋は横並びに全部で四つだ。廊下はなく、それぞれが中庭に面した小さな玄関のような扉を持っている。両親の部屋とエイルとアイルのそれぞれの部屋があり、納戸として使う部屋がひとつある。

体を拭いて、エイルの服を借りると定食屋に向かう。厨房は通らずに、中庭を突っ切って定食屋の裏口を開けると客はひとりもいなかった。

もう戦争中ではない。

定食屋にくる顔ぶれは決まっているし、それもそう頻繁に来るわけでもない。総菜を持ち帰る者の方が多いくらいだ。

第三騎士団の食堂の半分ほどの広さの定食屋を見渡して、ここはこれほど狭かっただろうかと首を傾げた。

戦争中は通りや中庭にまでテーブルを広げていたが、今はもうそれほどの人数が集まることもない。

「アイル、食うか?」

エイルが湯気を立てた皿を持ってきた。昨日の昼から何も食べていない。大きくお腹が鳴って、アイルは急いで席につく。

木製の皿には鶏肉を小さく切って豆と炒《いた》めたものが載っていた。この料理に使うソースは父が考えたもので、甘辛い味がする。レシピを聞いても教えてくれなかったので、エイルとふたりであぁでもないこうでもないと試行錯誤して真似をしたものだ。

スプーンですくって口に入れると、懐かしい味が広がる。とたんにこの場所で過ごした日々がよみがえってきて、アイルはどんどん口に運んだ。

「どうだ？」

エイルがパンと飲み物をアイルの前に置く。

「ああ、いつもの味だ」

そう言うと、エイルがにやりと笑った。

「それは、俺が作ったものだ」

ぴたりとスプーンが止まる。ふたりで試行錯誤してもたどりつけなかった味だった。父が教えたとは思えない。エイルは自分でその味にたどりついたのだ。

「すごいなあ。全然、わからなかった」

得意げに胸を張るエイルと一緒になって笑う。アイルはもう一度スプーンですくって料理を口に入れた。

故郷は変わらないと思っていた。だが、エイルは前に進んでいる。

「すごいなあ」

もう一度、呟《つぶや》いたときだった。

「アイル！」

厨房の扉が開いて、中年の男が入って来た。身長はアイルと同じほどで、茶色の髪に青い瞳のがっしりとした体つきの男だ。続いてアイルとよく似た小柄な女性も入ってくる。こちらはアイルと同じ髪の色と瞳だ。

「久しぶり、父さん母さん」

再会は先ほど済ませていたが、まるで今会ったと言わんばかりに腕を広げてくるのでアイルもスプーンを置いてふたりと抱きしめ合う。さっきはよほど汚かったらしい。

アイルの父はアイルとは似ていない。アイルは母親似だ。そのせいか、小さなころから父はエイルよりもアイルに甘かったように思う。

「どうした、急に」

「長くなるよ。ちゃんと話すから」

「そうか。逃げ出して来たのではないだろうな?」

「違うよ」

笑って否定すると、ようやく父の顔に笑顔が浮かんだ。二年も帰らなかった息子が突然帰ってきたことで心配をかけた。

今まであったことを話すと、さらに心配をかける。だが、黙ったままでもいられない。グジナウ国の者たちはアイルを探しているだろうし、いずれゼスもやってくる。

「それより、この料理！　驚いたよ。エイルが作ったって」

「ああ。もうエイルは一人前だ。そろそろ結婚しねえとなあ」

「まだしてなかったの?」

「当たり前だ。俺は母さんを迎えるために風呂を作った。エイルは何もしてねえからな」

兄は戦争が始まる前に将来を誓った相手がいた。だが、戦争でその相手が家族と共に町を離れた。終戦後にやっと連絡が取れるようになり、すぐにでも結婚するのかと思っていたが、なかなかいい連絡が来なくてやきもきしていた。

「風呂を作ったのはすごいけど、俺もがんばっているから！」

ここと違う、大きな街に引っ越しをした相手が戻ってきてくれるかどうか不安も大きかったようだ。

「彼女とは最初からやり直した。五年は連絡もとれなかったから、手紙のやりとりから始めてやっと先週、求婚の返事をもらえた。二ヶ月後には結婚するよ。アイルもお祝いに来てくれるか？」

もちろん、と答えるはずの声が出なかった。

言葉を失ったアイルを三人が心配そうに見つめる。

「アイル？」

「ああ、うん。来られるならもちろん！」

二ヶ月後を想像して怖くなった。

アイルはラール王国にいるのだろうか。

逃げては来たが、ずっと心にグジナウ国のことがひっかかったままだ。

「あの、聞いてくれるかな」

アイルはゆっくりと話し始めた。

王都に行ってから、第三騎士団の厨房で楽しく働いていることや、神殿の炊き出しに出向いていること。それから自分の料理に治癒の力があることについてだ。

受け入れられるか不安ではあったが、家族は妙に納得した様子で頷《うなず》いていた。

「昔から、アイルの料理には不思議な力があるのではと思っていた」

「え、どうして言ってくれなかったの？」

「まだ料理の腕も一人前じゃねえのに、そんなものに気を取られてどうする」

父の言葉に呆気《あっけ》に取られた。あれほど求められる力であっても父にとっては料理が上だ。治癒の力を使うことより、料理人として一人前になることが大事だなんてなかなか言えない。

アイルが料理に一生懸命なのは間違いなく血筋だ。

「それで、どうして戻ってくることになった？」

「それが今、困ったことになっていて」

ぽつりと話すのは、グジナウ国の現状。それから、アイルが求められたことについてだ。断って、さらわれたのだと話すとエイルは自分のことのように怒っていた。

逃げ出したというくだりでは、よくやったと全員から抱きしめられた。

辛《つら》い時期を一緒に乗り越えてきた家族だ。ここには無条件に味方だと言える絆《きずな》がある。

「ありがとう」

つい零《こぼ》れそうになる涙を堪《こら》えて、アイルは笑った。

母が戸棚の奥からワインを出してきて、最初の客が訪れるまでと全員で杯を傾ける。

なかなか客は訪れなくて、ワインが三本空いたところでやって来た客とまた一緒に飲んで夜はあっという間に更けていった。


定食屋の厨房は、城の第三騎士団の厨房とは比べものにならないくらい小さい。

普通の家庭の三倍ほどの広さはあるが、水道もないし機材も十分ではない。それでもワクワクするのは、この場所が好きだからだ。

ここで育って、ここで学んだ。アイルの料理はここから始まっている。

エプロンと帽子を着けると、昨日までここで働いていたかのような感覚に囚われた。慣れ親しんだ場所は鍋《なべ》の位置も、食器の位置も何ひとつ変わっていない。

昨夜のワインは父の特性ジュースを飲んで無理矢理に体から追い出した。父が二日酔いのときに作るジュースはなんとも言えない色と匂《にお》いだが、不思議と味は悪くない。そしてよく効く。

これだけのために朝、店の扉を叩く客がいるほどだ。

「手伝わなくていいのに」

母はそう言ったが、動いているほうが考えなくて済む。

「馬鹿言うな。うちは働かない奴を置いておけるほど裕福じゃねえからな」

そういう父は、アイルと同じ厨房に立つことが単純に嬉《うれ》しいらしくて、ときおり鼻歌が混じる。

エイルは馬を返しにいった。うちの馬を引いて行き、帰りはそれで帰ってくる。馬がないと猟師の家も困るだろうが、アイル自身が返しにいってバルズィたちに見つかるわけにはいかない。

「町の人たちにアイルが戻ったことは誰にも言わないでくれって頼んでおいたから」

母が得意げに胸を張る。狭い町なのでアイルが帰ってきたことはあっという間に広まっていた。誰かに聞かれれば、なんの悪気もなくアイルなら家にいるよと答えてしまうところだ。

「ありがとう」

「かまうものか。しばらくいるのだろう?」

大きく頷く。

ゼスはきっとアイルを探してくれている。アイルだってゼスが突然いなくなれば必死に探す。

しばらくここに身を潜めて、グジナウ国の人たちが諦《あきら》めたころに王都へ戻る。

それが一番、危険のない方法だ。

「ゼス……」

会わないまま、行けない。

まだお弁当も一緒に食べていない。

想いが通じ合ったと言っても、勢いに押されて気持ちを告げただけだ。もっとちゃんと自分の言葉で伝えたい。

「アイル、どうかしたのか？」

「だっ、大丈夫」

慌てて答えて声が上ずる。

ゼスのこともそうだし、アイルはまだまだ学びたいことがたくさんある。

心を残したまま、行けない。

「大丈夫」

アイルの力は不安定で、万能じゃない。

バルズィたちの大きな期待に応えるほどの力はない。それならば、アイルは自分の居場所でできることをするのがいい。

わかっているのに、後遺症に苦しんでいる人々の話を思い出すと心は揺れる。

「今日は客が多いかもなあ。アイルが帰ってきたから」

父が肉を捌《さば》く腕は城の厨房で見るものと比べても遜色はない。こんな田舎の定食屋で、独学でそれを身につけている父は間違いなくいい料理人だ。

「父さんは、どうして料理人になろうと思ったの？」

野菜をむきながら尋ねると、大きな声で笑われる。

「お前は小さいころもそれを聞いてきたな」

「え？」

まったく覚えていない。父にそんな質問をしたことがあっただろうか。

「料理が美味けりゃ、人生は豊かになる。俺は食べている間も、作っている間も幸せだ。ついでに食べさせている間も幸せとくれば、俺の人生の大半は幸せだ」

定食屋などしていれば、確かに一日の大半は料理にかかわっている。その間がすべて幸せだというのなら、父は人生の勝ち組だ。

「アイル、お前の料理には力があると言ったな。じゃあ、お前の幸せはもうひとつ上だ」

「上？」

「俺の料理は、人を笑顔にする。美味いものってえのはそういうものだ。だが、アイルの料理は笑顔の上を与えられるんじゃねえか？」

何度か出向いた炊き出しで、確かにそれは感じていた。

「アイルは昨日、エイルの料理を食べてどう思った？」

「すごいと思ったよ。父さんと同じ味を作れるようになっている。エイルはこの場所で確かに前に進んでいる」

「ああ、そうだろう？　料理っていうのはそういうものも伝えられる。美味しい、嬉しいってことだけじゃない。もっと、もっとだ」

生肉を掲げて笑う父に、アイルもつられて笑う。

「勉強中でも何かできることはあるかな？」

「何ができるかではなくて何をするかだろう？」

逆に問いかけられて、アイルは言葉を失くした。

「何を、するか……」

アイルの治癒の力は不安定だ。バルズィたちから希望だと言われても、そこまでのものが自分にあるとは思えなかった。

でも炊き出しで、体が痛いと訴えていた男をほうっておけなかった。たくさんの人が同じ状態だと聞いて、アイルは心をかきむしられた。

アイルができることは少ない。その少ないことをかき集めて必死になっても、人々を救うには足りない。行ってどうにかできるのかという不安が常につきまとう。

「お前はまだ若い。色々学べるはずだ」

グジナウ国には治癒師がいて、その知識も多い。

足りなければ学べばいい。

今のアイルにできないことでも、グジナウ国へ行けばできるようになる可能性はある。

「戦争が始まるとき、俺はいろんな人から逃げろと言われたよ」

「父さん？」

「まあ、聞け。母さんは美人だし、お前もまだ十五になったばかりだった。逃げるなら雇ってやると大きな街の食堂からも誘いがあって、悩んだものだ」

「悩んだの？」

そうは見えなかった。

ここに残ると宣言した父は少しの迷いも見せていなかった。

「そりゃあなあ。俺ひとりならいいが、家族の安全がかかっているとなりゃあ、揺れたさ。だが、そんなとき食べに来た常連が美味いなって泣いた。そいつはもう町を離れることが決まっていてな。俺の料理を最後だからと食べにきて、美味い美味いと泣いた」

厨房のカウンター越しに定食屋の席を眺める。

いつも笑いに包まれている場所だが、そういう日もあったのだ。

「ああ、俺は居場所にならなきゃと思った。ここに料理があれば、また戻ったときにそいつは美味いと言って泣くだろう？　人生で泣けるほどに美味い飯なんて滅多にお目にかかれない。俺はそれになれると思ったら町を出る気などなくなった」

町に残ると家族に告げた日は覚えている。父はいずれ戻ってくる人たちを同じ味で出迎えたいと言っていた。その言葉にそういう話があったことは初めて聞いた。

「お前が人に与えられるものはそういうものじゃねえのか？」

アイルの力は、治癒の力だ。苦しむ人を助けられる力。

それは単純に笑顔を与えるだけのものじゃない。もっと心を揺さぶる力だ。

「うん、そう……そうだね」

むいているのは玉ねぎではないのに、泣きそうになってアイルはそっと目を細める。

「料理の、自分の力を信じたい。父さんみたいに誰かを救いたい」

もう言葉に迷いはなかった。


「え、馬？　困るけど」

アイルが馬を貸してくれと言うと、エイルはさらりと断ってきた。

エイルが猟師のもとに馬を返して戻ってきたのは夕方だった。ついでにと肉を仕入れてきたのはさすがだ。

中庭で馬の手入れをしていたエイルはアイルを見て首を大きく横に振る。

「いずれ倍返しするから」

「いやいや、馬は一頭でいいけどよ。ないと困る。二ヶ月後には結婚だぞ。色々必要だし」

「王都に戻ったら、馬の代金も結婚祝いも多めに送るから！」

「一文無しに言われても説得力ねえな」

確かに今のアイルは金を持っていない。荷物を受け取りに行く途中でさらわれて、小銭すらも持っていない。服もエイルに借りているし、これから王都に戻るのに必要な準備も両親頼みで情けない。

「でも早く行きたいから」

「いい加減にしろ。もう日も落ちる。明日にできないのか」

「夜のうちに進んで、昼間に休んだ方が安全だろう?」

盗賊が狙《ねら》うのはおもに商人だが、見通しのよい昼間に待ち伏せるか野営の火を目印に油断しているところを狙われるという。

ひとりで移動をする商人は見通しの悪い夜に移動して、昼間は安全な場所で身を休めるのだと聞いた。夜の移動は危険も多い。夜にしか活動をしない動物もいるし、道の状態もわかりにくいが、盗賊に襲われる可能性と合わせて考えれば選択肢としては悪くない。

「それに急いで戻って、それから行かないと!」

王都に戻ったあとは、グジナウ国へ向かうつもりだ。

バルズィたちと一緒でなくとも、神殿でウェインに頼めばグジナウ国とは連絡が取れるはず。ただ、乗合馬車で五日もかけて王都へ向かうわけにはいかない。行くと決めたからにはできるだけ早く向かいたい。

「行くってどこへ?」

「グジナウ国」

「絶対、貸さねえ」

「兄さん！」

「だってお前……っ、大丈夫なのか？」

泣きそうな顔で言われて言葉を失う。

「お前、昔は弱くて俺が守ってやらなきゃいけなかったのにひとりで大丈夫なのか？」

さらわれた話をしたせいで、心配をかけてしまった。

心配から馬を貸さないと言っているだけだとわかって、頬が緩む。

「何、笑ってるんだよ」

「だって、兄さんが可愛《かわい》い」

「可愛いってなんだー！」

怒鳴られて思わず抱きついた。アイルは両親にもエイルにも大事にされている。それは自身を動かす力になる。

「大丈夫。ひとりじゃない。王都に大切な人もいる」

「え、お前恋人できたの？」

赤くなりながら頷くと、エイルが父さんと叫びながら厨房に向かうので焦る。

こういう時間がずっと続けばいい。そう思うけれど、アイルの居場所はもうここではなくなってしまった。

寂しくもあるけれど、それは自然なことだ。

もう一晩、泊まっていけという家族を振り切ってアイルは町を出た。

一度王都に戻って、ゼスや厨房のみんなに話をしてからグジナウ国へ向かうつもりだ。心配をかけたまま、グジナウ国へ行くことはできない。

なにより、会いたい。

ゼスに会って大丈夫だと言いたい。

とはいえ、アイルの家の馬はさほどいい馬ではない。そこそこの持久力はあるがグジナウ国の兵士たちが乗っていたような軍馬ではないために、急いでも王都まで三日はかかるはずだ。

「がんばってくださいね」

馬の首筋を撫《な》でると馬はぶるる、と首を大きく振った。

「あ、言葉が……」

つい出た言葉はいつもの丁寧な言葉だ。やはりもうこちらのほうが馴染《なじ》んでいると笑顔になる。

夜はこれから深まっていくが、アイルはできるだけ馬を進める。

あいにくの曇り空で月明かりはない。カンテラの灯《あか》りが届く範囲は小さくて、慣れない道を走らせることはできないが少しでも前に進みたかった。

夜半を過ぎ、かぽかぽと一定のリズムを刻む馬の背で揺られているとときおりふっと睡魔が襲ってくる。ここで眠って落馬するわけにもいかないと気を引き締めて手綱を握る。その繰り返しだ。

バルズィたちと進んだ森の中の道ではない。草木はあるが、このあたりは牧草地も多い場所だ。月明かりがあれば開けた景色が見えただろう。

「残念です」

ぽつりと呟いて空を見上げる。晴れていれば王都では見られない星空も広がっていたはずだ。昔はよく、エイルとふたりで家の屋根に上って星を数えた。ふたりの両手をあわせたくらいでは足りなくて、靴も靴下も脱ぎ捨てて足の指も使った。どうすれば空の星をすべて数えることができるのかと本気で考えていた。

ときおり聞こえる虫の声も、鳥の声も全部知っている。

王都に行って忘れていた虫の名前を思い出そうとしたとき、その音が消えた。

「え……」

虫の音が消えただけではない。

複数の馬の蹄《ひづめ》の音が聞こえて、アイルは慌てて前を向く。

暗闇を見つめるが相手は見えない。だが、確実にそこにいる。道の向こう、灯りを持たずに馬に乗る相手は誰なのか。

「アイルさん」

名前を呼ばれて、びくりと体を震わせた。慌てて馬首を返そうとしても、後ろからも蹄の音が聞こえてきてどちらにも進めない。

「アイルさん、探しました」

音が近づく。

やがて相手がアイルのもつカンテラの灯りの届く範囲まで来た。

「ベッズィさん」

アイルはぐっと手綱を握る。

「王都に向かう道は、通った道とここの二カ所になりますから見張りを置いていました」

あの崖でふいをついたように逃げられるだろうか？

だが、アイルの馬はとうていベッズィたちの馬にかなわない。アイル自身も馬に乗れるとはいえ、乗馬に優れているわけじゃない。可能性は限りなく低い。

「アイルさん、どうか私たちと一緒に来てください」

それは願いのように聞こえても、アイルに選択肢を与えない言葉だ。じりじりと狭まる距離にアイルは体を固くする。

きっと手荒なことはしない。アイルが怪我《けが》をするようなことは避けるはず。

「あのっ、私はグジナウ国へ行きたいと思っています！」

思い切って声を張り上げると、ベッズィの馬が止まった。合わせたように他の馬たちも動きを止める。

「ですが、このままでは行けません。一度王都に戻してくれませんか?」

「できません」

「一度戻って、きちんとみなさんに挨拶《あいさつ》してからグジナウ国へ向かいます」

しっかりと言葉にする。迷いがあったときは、行くとも行けないとも言えなかった。だが、今のアイルはきちんと言葉にできる。

だが、ベッズィはゆっくり首を横に振った。

「それを信じろと? 王都で貴方を匿《かくま》える人は大勢いる。シャルゼス・グライアーが全力で貴方を守れば、私たちはもう貴方を奪うことはできなくなる」

ゼスは第三騎士団の団長だ。ゼスがアイルを守れと一声あげれば、第三騎士団の人たちも守ってくれる。少人数のグジナウ国の兵士では太刀打ちできない。

「貴方が希望なのです」

切羽詰まった声に、ぐっと口を結ぶ。

一度逃げたアイルを信じてくれと言っても難しい。

「私は料理で人を笑顔にしたいと思って努力してきました」

まっすぐにベッズィを見つめる。目を逸らすわけにはいかない。

アイルは決めた。自分の力を信じて、できることをやる。

「私をここまで導いてくれた方々が王都にいます。もっと上へ行けるといつも背中を押してくれる。そういう方々に何も言わずにいなくなるようなことはできません」

まだまだ勉強したい。それから、技術も足りていない。でも何かできると思えたのはアイルがたくさんのものを受け取ってきたからだ。

「心をここに残したまま行けません。私の願いはそれだけです」

ゼスにも、自分の口から言いたい。

父が町に残ると決めたときのように、アイルは自分の料理の力を信じようと決めた。だから行くのだと胸を張ってゼスに伝えたい。

「手紙は届けます」

それでは解決にならない。

「手紙で信じてもらえますか？　私がさらわれてグジナウ国へ行けば、元気ですと手紙が届いたところで無理に書かされているのではと心配させるだけです。バルズィさんはどこですか？」

ベッズィに交渉しても仕方がない。この一団を取りまとめているのはバルズィのはずだ。

「バルズィ様は森の道でアイルさんを探しています」

二手に別れたのか。いや、もっと多くに別れて探しているのかもしれない。アイルを見失ったあとは、王都へ行くだろうと予測して手別れして探したのだ。

「ではそちらへ合流しましょう。それから王都へ戻してもらえるように交渉します」

うまくはいかないかもしれない。

でもこのまま皆と……ゼスと別れたくない。

大切な決断を伝えないまま離れたくない。

結局、力ずくでグジナウ国へ連れて行かれる可能性も高いが、できるだけ言葉を探す。バルズィもベッズィもアイルに悪いと思う気持ちがあるのは伝わってくる。説得する道は残されているはずだ。

「いいですか、私は……」

「アイルさんっ、しゃがんでください！」

ベッズィが突如、叫んだ。

馬の嘶く声が聞こえ、同時にひゅんと明るいものが真横を通り過ぎていく。

「炎？」

光は松明《たいまつ》のようにも見えた。

見渡すと、同じような灯りが次々と飛んでくる。

「火矢だ！」

兵士のひとりが叫ぶ。

火矢……火のついた矢が、たくさん飛んでいる。馬が怯《おび》えて足を止め、手綱を引いても動かない。

「体を小さくしてください。決して、手綱を離さぬように！」

アイルが馬の背に腹ばいになると、ベッズィが鞭《むち》でアイルの馬の尻を叩いた。

大きく嘶いた馬は、まっすぐに来た道を走り出す。

やがて後ろから怒号が飛び交い始めた。キィンと金属のぶつかる音も聞こえ始めて、アイルは馬の背で小さく震える。

剣を持って、戦っている。

ひとりやふたりじゃない。もっと大勢だ。

「火矢が灯りに……。照らされているこちらが不利か」

並走しているベッズィが速度を緩めてアイルのすぐ後ろを走る。相手は暗闇から襲っている。

先ほどの火矢は視界を確保するためのものだ。残った兵士が誰かと戦っている。

盗賊だろうか？

だとすればきっとベッズィたちが有利のはずだ。訓練を受けた兵士と盗賊ではまず、勝負にならない。

「アイルさん！」

ベッズィの声が聞こえたとき、ふわりと体が浮いた。

馬が、大きく体を傾けていた。

今日は猟師のところへエイルと共に出向いて、ほとんど休まずにアイルを乗せていた。それから火矢に驚いての全力疾走だ。足に限界がきていたのだろう。

アイルが気づくより早く馬の異変に気がついたベッズィがすり抜けざま、アイルを抱えていた。

アイルは助かったが、倒れた馬が心配で振り返る。

馬がゆっくり起き上がったのが見えてほっと息をつく。

その向こう。わずかに火矢の灯りに照らされた光景にアイルは釘付《くぎづ》けになった。

一瞬だけしか見えていない。だが、その姿には覚えがあった。

アイルの料理を食べて美味いと言ってくれるあの声がすぐ横で聞こえた気がして、アイルはベッズィの服を握りしめる。

「止めてっ。止めてください！」

「……ル、アイルっ。どこだっ！」

「わ、私はここです！」

遠くから聞こえた声に、確信する。あれは……。

ゆっくりと馬首をめぐらせたゼスが、馬を走らせる。

「アイルっ、無事かっ！」

はっきりと聞こえた声に何度も頷く。ゼスからは見えないはずだが、ゼスが呼ぶ声が嬉しくて泣きそうになる。

来てくれた。

ゼスはアイルを探して来てくれた。

「ベッズィさん、お願いです。止めてください」

「できません。貴方は私たちの希望だ」

ベッズィが馬に鞭を入れる。だが、ふたりを乗せて走る馬はどんどんと距離を詰められていく。

「ゼス！」

いつの間にか雲が晴れ、月明かりが周囲を照らしていた。追って来るゼスの顔がはっきりと見える。その表情は必死で、余裕などない。

いつも笑っているゼスを見ていた。

美味しいと料理を食べてくれる。他愛もない話で笑う。すれ違ったときは苦しかったけれどそれも忘れてしまうくらい大切にしてくれていて……。

「アイルっ！」

手を伸ばせば届きそうだ。

ぐっと身を乗り出すと、ベッズィが何か叫んだ。聞き取れなかったからグジナウ国の言葉かもしれない。

ゼスの馬がすぐ真横に来た。

馬が猛スピードで駆けていることを一瞬、忘れる。

ゼスと目が合った。厳しかったゼスの表情がわずかにほころんで……そしてまた厳しい表情に戻る。

「止めてください！　止めてっ！」

夢中でベッズィの体を叩いた。胸や肩、頬も。それから耳を引っ張る。逃れられるなら、馬から落ちてもいい。怪我はするだろうが、ゼスがそこにいる。

こんなにも側に行きたい衝動に駆られるとは思わなかった。

早く、早くと気持ちばかりが焦る。

「アイルさん、落ち着いて……っ」

落ち着けるはずない。そこにゼスがいる。助けにきてくれた。アイルを追ってきてくれた。

ゼスがベッズィとアイルの乗る馬の進路を塞《ふさ》ぐように前に出る。徐々に速度を緩めていくので、ベッズィとアイルの乗る馬も阻まれて進めない。

後方から蹄の音が聞こえてくる。完全に挟まれた形になり、ベッズィはようやく手綱を引いた。

馬が止まる。

「ゼス！」

ベッズィの手が緩まり、アイルは馬から飛び降りる。

駆け寄っていくと、ゼスは馬の向きをくるりと変えてアイルを後ろに隠した。

「え？」

ゼスとベッズィが馬上で睨《にら》み合う。剣を抜いたのは、ゼスが先だった。あっと声を上げるより早く、剣先がベッズィの体を掠める。

「ま、待って！」

ゼスは戦争の英雄だ。その彼が剣を構えた姿は、後ろ姿でも炎を纏《まと》っているような圧を感じた。

ベッズィも剣の柄に手をかける。お互いのことしか見ていない。ぴりりと張りつめた空気にアイルの足は地面に縫い付けたように動かなくなった。

「ダメ……ダメです！」

ベッズィはただグジナウ国のことを思っていただけだ。方法は良くなかったが、命を賭《か》けるような罪ではない。

必死で自分の足を叩く。動けと念じて、一歩を踏みだした。

「待ってください！」

ゼスの馬の前に立つと、空気が揺らいだ。

「アイル、危ないから下がっていろ」

低い声に、びくりと身を震わせる。アイルの知らないゼスだ。これほど怒っているゼスを見たことはない。

「下がりませんっ！　剣をひいてください！」

大きく手を広げて叫ぶ。

アイルは剣に慣れていない。第三騎士団の訓練は遠目に見たことがあるが、それだけだ。剣を構えたふたりの間に立つだけで足が震える。

だが、綺麗《きれい》ごとだとわかっていても、ゼスが怪我を負うことも誰かに怪我を負わせることも嫌だった。

「お願いです」

振り返り、ベッズィに向けても叫ぶ。

目が合うと、ベッズィはぎゅっと眉根を寄せた。それから大きく息を吐く。

張りつめていた空気が緩んだ。

そう感じると同時に、ベッズィは剣の柄から手を離した。ゼスに視線を戻すと、ゼスも諦めたように息を吐き出すところだった。

後方から聞こえていた蹄の音もすぐ近くで、馬に乗った兵士の顔もはっきり見える。第三騎士団で見たことのある顔だ。

「ありがとうございます」

にこりと笑うと、ゼスも剣を納める。ようやくほっとすると、かくりと足の力が抜けた。

「アイル！」

ぺたりと地面に座り込んでしまったアイルに、ゼスが馬から降りて駆け寄った。

「はは……。すみません。安心したら、力が抜けました」

伸ばしてくれた手を掴むと、ぐっと体を引き寄せられる。まだ足の力は入らないが、しっかり抱きしめられて、アイルはゼスの背中に手を回した。

「ゼス」

名前を呼ぶと、抱きしめる力が強くなる。

「すみません、心配をかけました」

「ああ」

短く答えて、ゼスはようやく腕を解《ほど》いた。近くで顔を見ると、ずいぶん疲れた顔をしている。

そっと頬に触れると、その手にゼスの手が重なった。

「捕縛しますか？」

第三騎士団の騎士が乗った馬がアイルたちのもとにたどりつき、ベッズィは馬から降りて剣を鞘ごと彼らに渡す。

「いや、その必要はない。向こうは？」

「その場にいた者は全員投降済みです。武器を預かり、見張っています」

ゼスは大きく頷いて、顔を上げる。

「いったん引き上げる。他の部隊の探索は明日行う」

ゼスの声が大きく響いた。


ガラガラと車輪のまわる音が暗闇に響いている。

貴族が乗るような豪華な馬車ではなかったが、座席にはきちんと布張りがしてある小さな馬車にアイルはゼスと向かい合わせに座っていた。

「あの、ゼス……怒っていますか？」

ゼスは、ずっと黙り込んでいる。

あれから火矢が打ち込まれた場所まで戻ると、炎はまだ燃えていて、周囲を照らしていた。

そこには第三騎士団の騎士が三人ほどいて、ベッズィが連れていた兵士は地面に足をついて後ろ手に縛られている状態だった。

火矢を放ち、ベッズィたちの動きを封じてアイルを助けに来てくれたのはゼスを入れて五人だ。

決して多いとは言えない人数だが、長く続いた戦争を経験している第三騎士団の彼らとグジナウ国の兵士とでは踏んだ場数が違う。

「怒ってはいない。すまない。考えることが多くてな」

ゼスはアイルを探し出してくれた。第三騎士団を率いて駆けるのは、シャルゼス・グライアーの立場を使っても簡単ではなかったはずだ。

「あの、騎士団の方たちは……」

「ああ。団長としては動かせなくて、休暇を申し出てくれた数名だけを連れて駆けた」

すっと立ち上がったゼスがアイルの隣に移動する。慌てて場所を空けたが、ゼスはアイルにぴたりとくっつくように座った。

「休暇ですか？　わ、私を助けるために？」

休暇中に怪我を負えば保証もない。いくら腕が立つ騎士たちでも、もしもがないとは言い切れない。

「気にするな。誰も怪我はしていない。あとで美味い飯でも食わせてやれば満足する」

気にしないことはできないが、料理でお礼ができるなら望むところだ。

もういらないと悲鳴が出るほどたくさん作ろうと決意して拳を握りしめる。

「助けにきてくれてありがとうございました。どうして私があそこにいるとわかったのですか？」

この馬車も、火矢があった場所からそう遠くないところに準備されていた。アイルがどういう状態でも助け出せるようにと用意してくれたものだ。

「門番からお前が訛《なま》りのある外国人風の男と外に出たと聞いて。グジナウ国の使者は、もともとアイルの能力を確かめに来た。アイルがいなくなって、最初に疑った」

改めて危うい状況だったのだと実感する。

「あとは情報の繋ぎ合わせだな」

「すごいですね」

「そうだろう。ほめてくれ」

自信満々に言われて、笑ってしまう。

「今はどこに向かっているのですか？」

問いかけると、ゼスは難しい顔に戻ってしまった。

「……神殿だ」

「神殿？」

「キルリア教の神殿だ。悔しいが、休暇中でも第三騎士団の者を引き連れて王都を出ることに難癖をつける連中がいてな。仲裁を受けるのが条件だった」

ああと納得する。

キルリア教は正義をただ正義とせず、悪もまた悪としない教えから、中立の立場をとる。争いの仲裁を神殿に持っていくことが多いのもそのためだ。

それは何も一般市民にとどまらない。国同士の揉《も》め事でもキルリア教の神官が立ち会って仲裁する場合がある。

他国の使者が自国の民をさらった『かもしれない』という曖昧《あいまい》な状況では物事を客観的に見る立場の者が必要だった。

「では神殿では話し合いになるのですね」

「そうだろうな」

ゼスが考えていたのはその話し合いのことだ。神殿が仲裁に乗り出せば、双方は無視できない。

「話し合うのは悪い事ではないでしょう?」

お互いに言い分はある。アイルは当事者なので複雑だが、バルズィやベッズィに同情する点は多い。

「グジナウ国のやつらの話を聞かなければいけない道理はない。国に追い返せば終わりだ。それを話し合いに持ち込むのが公平だと言えるか?　あいつらはいつもそう……いや、アイルに言っても仕方がないな」

早い口調にいら立ちが混じる。大きく息をつくとゼスは視線をアイルに向けた。

「アイルは、行きたいと思っているのか?」

突然、核心を突かれてアイルはゴホゴホと咳き込んだ。

「アイルの決断を支持してやりたいが……すまない。俺は狭量だから、行かないでくれとしか言えない」

アイルの手を取って、まっすぐに見つめられる。その手に唇を落とされて、どきりとした。

「ち、近いです。ゼス」

行かないでくれと、まっすぐな言葉が素直に嬉しい。赤くなる頬を隠そうと顔を背けるが、向けた頬にキスを落とされて驚いた。

「ゼス！」

「やっと想いが通じたのに、アイルが悪い」

体が持ち上がり、ゼスの膝に乗せられた。ゼスが馬車の窓のカーテンを引いて、外の暗闇が見えなくなる。

「ゼス」

「アイル、俺のために残れないか？」

ひくりと頬が引きつった。

否定できなかった。

まだわからないこの力がはっきりするなら。

そして病の後遺症に苦しんでいる人々に何かできるのなら。

「わ、私の力で苦しんでいる人が救えるのです。しかも、今はまだ制御できない力が思うように使えるかもしれなくて」

言葉にすると、ああ自分は行きたいと強く望んでいたとはっきり自覚する。

「一ヶ月や二ヶ月の話じゃないだろう？」

そのとおりだ。そもそもグジナウ国に行くには、カサンダ国も通らなければならないほど遠いのに一ヶ月で戻って来られるはずがない。

伸びてきた手に、頭を引き寄せられる。

重なる唇は……まだ、不慣れなままだ。

「一年は我慢する」

「え？」

「それ以上長くなるなら、剣を持ってでも迎えに行く」

「ゼス……」

ぎゅっと抱きつくと、背中を大きな手が支えてくれる。

「アイルはまっすぐだから、心配だ。治癒の力を勉強するのに夢中になって帰ってくるのを忘れそうだ」

「そんな、ことは……」

声が小さくなってしまう。

料理に夢中だったから、何も言えない。治癒の力に加えて、グジナウ国の料理まで勉強し始めれば、確かに当分は帰りたくなくなる可能性はある。

「で、ですがゼスだって」

「俺か？」

「はい。ゼスだって、私のことなどすぐに忘れてしまうかも」

侯爵家の次男。戦争の英雄。それだけでもすごいのに、これほど格好いい。アイルはちょっと料理ができるだけの平凡な人間だ。今回は治癒の力があるからと騒ぎにはなったが、その力がどれくらいのものか、この先もずっとあるのか誰にもわからない。

「本気で言っているのか」

「わ、私はゼスみたいに格好よくはないし、ひょろっとしているし……ゼスに大切に想ってもらえる理由がわからなくて」

「さんざん、言った。俺はアイルに救われた。アイルがいい。アイルでなければダメだ」

その言葉は嬉しい。けれど離れている間まで信じられるかと聞かれれば不安になる。

「ゼスを信じたいと思うのですが……それより先に、私は自分に自信がないのです」

「アイル」

「ゼスがどれだけ気持ちを伝えてくれても、受け取る私はそれに値するのかと考えてしまう」

好きだと気持ちを伝えあったあとでも、それは変わらない。

「もしグジナウ国に行って、たくさんの人を救えるなら……自信が持てそうな気がするのです」

料理で人を笑顔にすることが、アイルの夢だ。だが、それだけではまだ戦争の英雄シャルゼス・グライアーの隣に立つには不十分だ。

「アイルはアイルだ。人を救っても、そうでなくても変わらない。俺はアイルであればそれでいい」

逆の立場なら、アイルはきっと泣いているのにゼスは笑っていた。

「だが、同時に進みたい道があるのであれば全力で道を開いてやりたい」

「ゼス」

「笑え、アイル。俺は今、目一杯に格好つけて懐の深いふりをしている」

この腕の中で守られて生きることはどれほど幸せなことか。

「アイルは野心家だな」

「え？」

「俺は戦争の英雄などと呼ばれている。それなのに、隣に並ぼうとしている。それがどれほどのことかわかるか」

「……」

否定しようとした言葉は口から出てこない。

そのとおりだ。

アイルはゼスの隣に並びたい。守られるだけでなく、自分の持つものを高めてゼスの隣にふさわしくなりたい。

「俺はお前の自由を守ると誓う」

息が止まりそうになった。

「アイルはただ、思う道を行けばいい」

言葉が出なくて、ただゼスの首にしがみつく。

「向こうで誰に言い寄られても、恋人はシャルゼス・グライアーだと言え。剣を持って戦う覚悟はあるかと問え」

真剣な声に、つい笑ってしまう。

戦争の英雄の名はこの国だけにとどまらない。その名前を出されれば、アイルに手を出す相手はいないはずだ。

「ゼ……」

名前を呼ぼうとした唇が再びふさがれる。

「んっ」

舌先で閉じた唇をつつかれて、薄く開けると強引に入り込んできた。

くちゅりと音を立てて、キスの角度が変わる。わずかに隙間《すきま》ができるたびに漏れるのは熱い息だ。

「アイル」

背中を支えていただけの手が、ぐっとアイルのシャツを掴む。そのまま裾《すそ》を引きずり出そうとする手を慌てて掴んだ。

「アイル、ダメか？」

耳元で囁《ささや》く声に眩暈を起こしそうになる。

「ダ、ダメかなど……ひゃっ！」

そのまま耳朶《じだ》を甘く噛《か》まれて、声が上がった。その隙にシャツの裾が引きずり出されてしまう。

「ゼ……あっ」

大きな手がするりとシャツの中に潜り込んで素肌に触れた。冷たいゼスの手はアイルの背中をゆっくりと確かめるように動いていく。

「そう緊張しないでくれ、今は最後までしないから」

「い……っ」

今は？

緊張するなと言っても無理だ。心臓が爆発しそうなほど大きな音を立てている。

「がっかりしたか？」

耳元で囁かれて顔を両手で覆う。

がっかり……した。ほんの少しだけだけれど、がっかりする気持ちがあった。ゼスは冗談で聞いたのだろうが、それに気づかされるともうゼスの顔を正面から見られない。

「だが、アイルが俺のものだとわかる程度には触れるぞ」

背中の手とは別の手が、器用にアイルのシャツのボタンを外していく。徐々に露《あら》わになっていく肌に、ゼスの唇が落ちた。

「んっ！」

ちりっとした痛みが走る。

小さな痛みは、全身に広がってアイルの力を奪っていく。

「ゼス、ダメ……」

すっかりあがってしまった息で呟く名前は、自分でも驚くほど甘い響きを含んでいた。

「ゼス」

ぱかりとゼスの口が開く。見せつけるように伸ばした舌が胸の突起に伸びていった。

「あ……っ」

逃れようとした背を引き寄せられ、逆に差し出すように広がった胸に舌が触れる。

「あぁっ！」

思わず上がった声の大きさに慌てて口を押さえた。ちらりと見上げたゼスが、その手を掴んで離してしまう。

「大丈夫。馬車の音で誰にも聞こえない。俺だけだ」

「でも……っ、あっ」

体が持ち上げられて、向かい合わせにゼスを跨《また》ぐように座る。はだけたシャツが肩から滑り、馬車の床に落ちて行った。

露わになった背中を下から撫で上げられてぞくりとする。

くちゅくちゅと音が聞こえるほど胸を吸われてアイルはぎゅっと目を閉じた。

「ん……」

自慰をしたことがないわけじゃない。だが、胸や背中を触られるのは初めてで、ゼスが触れた場所から広がっていく感覚に少しだけ怖くなる。

「ゼス」

名前を呼ぶと、胸から離れたゼスの唇がアイルのそれに触れた。

何度か軽いキスのあとに、唇を舌でつつかれる。そっと舌を差し出すと、軽く歯を立てられた。

「あっ」

開いた唇が今度は深く重なる。入り込んできた舌は、アイルのものと同じ質量かと疑うほどに大きくてアイルの口の中を蹂躙《じゅうりん》していく。

いつの間にか夢中になってゼスの頭を抱きしめていた。

ゼスの手が太腿を辿《たど》り、その付け根へと伸ばされる。背中は大きな手で優しくなぞられ、自身のものが徐々に固くなっていくのを意識してしまう。

「アイル」

ゼスがアイルの腰を摑んで、すとんと下に落とした。感じていたことが伝わってしまうと身構えたが、落ちた先に同じ高ぶりを感じて頬が赤くなる。

「愛している」

ズボンを緩める手を思わず、摑んだ。

ゼスも高ぶっていることはわかるが、ここは馬車の中だ。神殿までは距離があるはずだが……、それさえあやふやになっている。

「大丈夫。最後まではしない」

なだめるように頭を撫でられ、こめかみにキスを落とされる。

「で、でもっ汚れてしまいます」

アイルの言葉にゼスは、ふっと笑ってアイルを座席に座らせた。物足りない気はするが今日はここまでかとほっと息をつく。

「ゼス?」

首を傾げたのは、ゼスが馬車の床に膝をついたからだ。

「こうすれば汚れない」

そう言ったゼスがまたズボンに手を伸ばした。

「待っ……！」

止める間もなく、ズボンがずらされアイルのものがゼスの目の前に晒《さら》される。恥ずかしさで隠そうとした手をひとつにまとめて捕らえられ、もう片方の手がアイルのものに伸びた。

それを摑んで……ゼスの顔が近づいていく。

「嘘《うそ》、待ってくださ……っ、ゼスっ！」

口に含まれて、体が大きく跳ねる。ゼスは逃げようとする足を難なく自身の腕の下に挟んでしまうとゆっくりとアイル自身に舌を絡ませた。

「待って、待っ……あっ」

言葉が甘い嬌声《きょうせい》に変わる。捕らえられた手を離されても、弱々しくゼスに伸ばすことしかできない。ぞくりと腰を這《は》いあがる快感を止められなくてじわりと目尻に涙が浮かんだ。

「ダメっ、い……いくから、離して……っ！」

必死に伝えるのに、ゼスはなおさら深くアイルのものを咥《くわ》えこむ。上顎《うわあご》と舌で刺激されて目の奥がちかちかする。

がたん、と馬車が揺れた。

その揺れさえも刺激になってアイルは大きく首を横に振る。

ふと視線を下へ落とすと、ゼスと目が合った。その目はぎらりと欲望を含んでいる。

ゼスが求めてくれている。

与えられる刺激より、そのことがアイルを高ぶらせた。

「ゼス……っ」

頭が真っ白になる。ダメだと思うのに、もう止められなくて……。

吐き出したものをゼスが口で受け止めるのを、ぼんやりした意識で眺めた。ごくり、と喉《のど》が上下するのに目を瞬かせる。

「飲ん……！」

「大丈夫、美味い」

にこりと笑ったゼスが立ち上がってアイルの耳元にキスをする。そのわずかな刺激に達したばかりの体がびくりと震える。

「アイルの体は、アイルと同じように正直だな」

もう何も言えずに両手で顔を覆った。


『愛している、アイル』

それは何度も馬車の中で囁《ささや》かれた言葉だ。ゼスの口で達してしまったことが恥ずかしすぎて、身の置き場がないアイルに、ゼスは甘い言葉を囁いた。

『アイルが感じてくれて嬉《うれ》しかった。俺がしたくてたまらなかっただけだ。許してくれ』

それでも顔をあげることはできなかった。疲れと、達した充足感と、甘い言葉にいつしか意識がうつらうつらとし始めたところまでは覚えている。


「え……？」

目が覚めると、寝台の中だった。

昨日にも似たようなことがあった。今回は馬車の中ではなく、見覚えのない部屋と寝台の上だが周囲を見渡してほっと息をつく。

部屋の壁にキルア神とキリア神の絵姿が飾られている。ここは神殿だ。

寝台の他にソファセットと鏡台が置かれたこの部屋はアイルが使っている第三騎士団の寮の三倍ほどの広さはある。神殿の中でも下位の神官が使うような部屋でないことは確かだ。

窓からは日差しが差し込んでいる。太陽の高さを見ると、もう昼に近い時間だ。

「ううう っ」

意識がはっきりしてきた瞬間、昨夜の馬車でのことを思い出して全身が真っ赤になった。どうしようもなくて枕に顔を埋めて叫び出したい衝動を堪《こら》える。

ゼスが……。

ゼスが、求めてくれた。

愛しているって、何度も言ってあれほど強い目でアイルを見ていた。

「幸せかもしれません」

いや、はっきりと幸せだ。

好きな相手に求められるのはこんなにも幸せなのか。

「……あれ、でもゼスは？」

きょろきょろと部屋を見回すが、いない。隣に寝ていたような気配もない。浮かれていた気持ちが一気にしぼんでいく。

ゼスが側にいないというだけだ。少し前まで当たり前だったことなのに、もう寂しい。

こんなことではダメだと自分を奮い立たせて寝台から起き上がる。

上から被《かぶ》るだけの簡素な寝間着だが、ゼスが着替えさせてくれたのかもと思うとまた枕に顔を埋めてしまいそうになって、こほんと咳払《せきばら》いした。

寝台のすぐ横の小さな椅子に、着替えが置いてあった。アイルがいつも着ている服に似せたものを用意してくれている。シャツはいつものより鮮やかな白だが、馬車の床に落ちてしまったシャツは……。

「あー、もうっ！」

再び、馬車でのことを思い出して、ぱんっと両頬を叩《たた》いた。昨夜のことを考えているとそれだけで一日が終わりそうだ。

もっと考えなくてはいけない重要なことがあるのに。

「グジナウ国」

アイルの力が必要だという国のことだ。多くの人が病の後遺症に苦しんでいる。アイルは確かにそこに行って誰かを救いたいと願った。

「どうして今なのでしょうか」

恋人になり、求められる喜びを知ってしまった今は、行くと決めた後でも後ろ髪をひかれる思いだ。

「でも、ゼスと会う前にグジナウ国に行ってしまっていたら……」

そちらの方が、怖い。そうなれば、ゼスとの接点はなかった。ゼスを好きになることも、ゼスが好きになってくれることもなくて、アイルはこの幸せを知らないままだった。

誰かを愛《いと》しく思う気持ちも、愛される喜びも、じっとしていられなくなるほど幸せな気持ちも全部、今のアイルにとって大切なものだ。

「しっかりしないと」

気を引き締めて服を着替えた。

それから、部屋の扉を開けると両脇に槍《やり》を持った兵士が立っていて驚く。

「お目覚めですか。すぐに食事を準備させますので中でお待ちください」

「は、はい」

丁寧に頭を下げられて、部屋に戻る。

兵士がいた。

あれはきっとこの部屋を守るためだ。

「どうして？」

その理由がさっぱりわからない。グジナウ国に行くことは告げているし、もうアイルをさらおうとする者はいないはずだ。

もう一度、そっと扉を開けてみる。兵士はアイルと目が合うとにっこりと笑った。

「どうかしましたか？」

「あの、ここで何をしているのですか？」

「警備です」

それはそうだ。部屋の前に立つのはまさしく警備のためだ。だが、アイルにそれが必要かと聞かれれば疑問しかない。

「ゼス……あの、シャルゼス・グライアー様は？」

「グジナウ国のバルズィ様がいらっしゃいましたので応対されております」

返ってきた答えに、目を見開いた。

バルズィが合流したとなれば、これからのことについて深く話し合いがもたれるはずだ。国同士のことはわからないが、アイルのことも含まれている。それは自分も行かないといけないのではと慌てた。

「あの、どこで……」

「アイルさんはまず体を休めないといけませんよ」

離れた場所から声が聞こえて顔をあげる。聞き覚えのある声だが、その姿を見るまでまさかと思った。

「おはようございます。というには、少し遅い時間ですかね」

「ウェイン様？」

驚いて声が裏返る。

神官の白い服を纏《まと》ったウェインはいつものように優しい笑みを浮かべている。

「どうしてここに？」

ウェインは王都の神殿の神殿長だ。ここはアイルの故郷にも近い、辺境の地でウェインがいるような場所ではない。

「第三騎士団の数名がグジナウ国の方々を追うというので仲裁できるならと同行させていただいたのです。まるで殲滅《せんめつ》させかねない勢いでしたからね。新たな戦争の火種となるのも嫌でしょう？」

それは怖い。

バルズィたちはグジナウ国の使者で、アイルはただの平民だ。平民をさらったからといって、第三騎士団が使者を襲ったとすれば火種となる可能性はある。

「すみません。ご迷惑をおかけしました」

「迷惑などではありませんよ。アイルさんが無事でよかった」

ウェインの後ろに軽食を持った神官が続いていて、全員で部屋に戻る。

神官たちは中央のソファセットのテーブルにサンドイッチと飲み物を準備し終えると部屋を出て行った。

「さあ、食べてください。お腹がすいたでしょう?」

ソファに座るよう促されて躊躇《ためら》った。今、ゼスがバルズィに会っているのにのんびり食事をしていていいのだろうか。

「大丈夫ですよ。シャルゼス・グライアー様はなにも剣の腕だけで戦争の英雄と呼ばれているわけではありません。あの戦いを治めるには戦略や交渉にも長《た》けていなければならなかった。任せておいて大丈夫です」

「ですが……」

「ただ神殿に来られた方に応対しているだけですよ。アイルさんのことに関する話し合いの場は改めて設けます」

ウェインの言葉にようやくほっとしてソファに腰を下ろした。

「まずは体を休めましょう。色々と大変だったでしょう?」

「はい、それは」

さらわれたということだけでも、アイルの人生には起こりえなかったことだ。そこから逃げ出し、見つかってとまるで物語の中にいるかのような出来事だった。

ウェインはアイルの向かいに座ってにこりと笑う。食事をとるようにと言われて、サンドイッチを手に取った。食べている間、ウェインは他愛もない話をして、アイルの緊張をほぐしてくれる。

なんでもないことで笑っていると、自分がどれほど気を張りつめていたのかはっきりわかった。

サンドイッチを食べ終えて、紅茶を飲むとほっと息をつく。

「あの、話し合いについてですが……」

先ほど、ウェインはアイルに関することは話し合いの場を設けてくれると言っていた。だが、アイルがうまく気持ちを言葉にできるかどうかは自信がない。

「大丈夫ですよ。アイルさんの自由は神殿が保障します」

ウェインはグジナウ国との仲裁に来てくれた。そのウェインがアイルの自由を一番に保証してくれるなら安心できる。

「シャルゼス様にアイルさんの意思は聞きましたが、改めてお聞きしてもよろしいですか?」

単刀直入に切り出されて、緊張した。

「あの、私は……」

「あ、ちょっと待ってください。すみません。先ほどまで腹黒い人たちばかり相手にしていたのでアイルさんの純粋さを忘れていました」

「え？」

ウェインがこほんと咳払いする。

「まずは、私から言っておきましょう。神殿はアイルさんの最後の逃げ場になりたいと思っています。アイルさんが助けてと逃げ込んでこられる場所です。アイルさんがここにいたいと言うならば、全力で保護します。貴方にはその価値がある。ここは自由を奪う場所ではない。すべてはアイルさんの意思で決めていいのです」

「あ、りがとうございます」

アイルはただの料理人だ。身分も何もないのに、ゼスもウェインもアイルの意思を尊重してくれる。返事すら許されずに利用されても仕方ない立場なのに、心強い味方がいるのはとても幸運なことだ。

「アイルさんはこれからどうされるおつもりですか？」

どうしたいかは決まっている。

「私はグジナウ国へ行きます」

「それは、すぐにでも？」

「い、いえっ。できるなら一度王都へ戻ってお世話になった方たちにご挨拶をしたいと……」

そう思って王都へ向かっていたのに声が小さくなるのは、わかってしまったからだ。

バルズィとベッズィにさらわれてグジナウ国へ向かっていたときとは状況が違う。今はアイルの味方になりたいといってくれるウェインもいる。

それにゼスに会うことはできた。

自分の口からきちんとグジナウ国へ行きたいと告げることができた。それが叶《かな》ったことで気持ちは大分落ち着いている。

「そう思っていたのですが……。グジナウ国の方々の後遺症というのは、私が早く向かうことで変わりますか?」

ここはもう国境に近い地域だ。王都へ戻り、挨拶を終えて再び戻ってくるには四、五日かかる。

「聞けば、アイルさんはきっと迷いますよ」

困ったように笑うウェインは、はっきりと答えてくれない。だが、それが答えだ。何ができるか、できないかを考えていては動けない。一番重要なのはアイルが今、どうしたいかだ。

「あの、手紙をお願いしてもかまいませんか?」

さらわれた先で書く手紙ではない。きちんと気持ちを込めて書いて、神殿の人が届けてくれる手紙なら厨房《ちゅうぼう》のみんなも納得してくれる。

「もちろんです。神殿の者が責任を持ってお預かりいたします。お返事ももらってきましょう」

「ありがとうございます」

「後で便箋《びんせん》をご用意しますね」

頭を下げて、ついでにと家族に渡す手紙もお願いする。たくさんになってしまうが、それだけの人にアイルは助けられてきた。治癒の力があったとしても、料理を楽しいと思っていなければ気がつかなかった。アイルが料理を楽しんでこられたのは、教えてくれた人や美味しいと言って食べてくれた人がいるからだ。

「ではこのままバルズィ様たちとグジナウ国へ向かうのですね?」

改めて言われると緊張する。だが、アイルは決めた。

「はい。私が多くの人を救える可能性があるのなら、できる限りのことをしたいのです」

声に出して伝えると、じわじわと実感が湧いてくる。

アイルはただ料理の腕を磨いて、いつか店を出すことだけを考えていた。それなのに誰かを救うために他の国へ行く。自分にこんな未来が待っているとは想像したことがなかった。

料理に込められた治癒の力のことも、あのシャルゼス・グライアーの恋人になることも、少し前の自分に話せば到底信じられないだろう。

思い描いていたものとはまったく違うのに、それでも気持ちが前を向くのは今がとても幸せだからだ。

「ところでアイルさん」

「はい？」

名前を呼ばれて、何気なく返事をする。

「私と、結婚しませんか？」

「はっ？」

唐突な提案に、おかしな声が出た。何度も瞬《まばた》きして目の前のウェインを見つめる。

思い描いていたものとはまったく違う未来だと実感していたところに、さらに予想外の申し出だ。

「これでも私は神殿内でけっこう力を持っていますし、容姿も整っている。アイルさんの夫として、不自由ない生活を約束します」

「え、あの……？」

求婚？

戸惑って、意味もなくきょろきょろしてしまう。聞き間違いではないかとウェインを見るとにこりと微笑まれた。

「シャルゼス様と仲良くされているのはわかりますが、あちらは侯爵家の方ですし戦争の英雄だ。結婚となると話は別でしょう」

そういう話ではない。理解が追いつかずに頭が混乱する。

「あの、でもご家族も説得してくださったと……」

結婚？　ゼスと？

確かにそれは難しい。うん、理解はできる。けれどそういうところまで具体的に考えたことはない。ゼスとは恋人になったばかりでその未来を具体的に想像することはなかった。

「認めるのは交際まででではないですか？　でなければ愛妾《あいしょう》にということだと思いますが」

「あああああ？」

愛妾？

自分とはまったく縁のない言葉が出てきて戸惑う。確かに貴族の場合はそういうものが存在する。貴族の愛人になればいい家に住まわせてもらってお手伝いさんもいるよという話は聞いたことがある。

「私なら、そういう扱いはしません。アイルさんならきっと愛せます」

「愛せ……？」

ウェインの言葉はアイルが理解できないことだらけだ。疑問ばかりが積み重なって、まともに言葉も返せない。

「時間をかけて育む愛もあるでしょう？　お見合い相手と結婚するのだと思えばいい。私はアイルさんとであれば幸せです。大切にします」

確かにお見合いだと、結婚してから愛を育むこともある。だが、これほど簡単に求婚するものではない。

「アイルさんはこれからグジナウ国に行きますよね？」

問いかけに小さく頷《うなず》いた。今度は何を言われるのだろうか。

「こちらの国では、治癒の力を持っていてもそれを疑う者の方が多い。ましてその力を持つ者が平民ではいいように利用されてしまう。ですが、グジナウ国では治癒師は大変大切にされ、地位も高い」

「はあ」

理解できなくて、気の抜けた返事をしてしまう。

「つまりあちらでは、アイルさんを引き留めようとたくさんの縁談が待ち受けているということです」

「ええ？」

後遺症に苦しむ人々を助けるのだとそればかりに気を取られていた。

「ですから、私と結婚しておけば安心してあちらで生活できるでしょう？」

「なるほど」

思わず呟いてしまってから、慌てて首を横に振る。

「そ、そんな理由で結婚を？」

「利益も愛情もある結婚は貴重ですよ」

笑いそうになって、喉《のど》の奥が引きつる。利益……。結婚に利益が絡んでくるなど。アイルにはまったくもって理解できない世界だ。ああ、でも母は父に風呂を作ってもらった。いや、でもあれは父の愛情からきたもののはずだ。

「大切にします。決して不自由な思いはさせません」

ウェインが隣に腰を下ろす。手を握られそうになって、アイルは逃げるように立ち上がった。

「あ、あのっ……ですがっ！　私はっ、私の恋人はシャルゼス・グライアー様ですっ」

『向こうで誰に言い寄られても、恋人はシャルゼス・グライアーだと言え。剣を持って戦う覚悟はあるかと問え』

ゼスに言われていた言葉がはっきり頭によみがえる。

さすがにウェインに向かって剣を持って戦う覚悟があるかとは問えないが。

「ですが恋人では少し立場が弱いのでは？」

「ええっ？」

どうしよう。恋人だと告げても、全然怯《ひる》まないウェインに焦る。

「形だけでも、私と籍をいれておくのはどうでしょう？」

「それは……！」

「できるかっ！」

第三者の声に驚いて振り返ると、ゼスが扉を開けたところだった。

「何が結婚だ。この腹黒神官」

「おや。恋人のひとりも守れないような甲斐性《かいしょう》なしに言われましても」

大股で歩いてきたゼスがアイルを抱き寄せて背中に隠す。

「ああ?」

ゼスの声が低い。昨夜、助けに来てくれた時も、こういう声だったが昨日よりさらに迫力を増している。

「白昼堂々、城からさらっていくような大胆なことをするとは思わない」

「実際に起きたことですがね。追い詰められた人を甘く見過ぎです。せっかく炊き出しの後に話し合いの場をもうけようとしたのに」

「あの時のお前はグジナウ国の味方になる気だっただろう?」

ゼスから不穏な単語が聞こえてアイルはぎゅっとゼスの服を握る。

これからもずっとアイルはそういうことに悩まされる。ウェインのいうように、グジナウ国で望まない婚姻を地位の高い相手から求められれば困る。

「お前は仲裁役だろう?　途中で消えて何をしている」

途中で消えた?

ウェインはゼスと一緒にバルズィの応対をしていたのか。

「私がいなくても、物騒なことにはならないでしょう?　それより、私は直接アイルさんの意思を聞いておきたかったのです」

「それで、どうして結婚などという話になる?」

ゼスの問いかけにアイルも全力で頷いた。

「貴方がアイルさんの価値を見誤っているからですよ」

「何?」

低い声はアイルが聞いたことのない、冷たいものだ。だが、その声を向けられたウェインは少しも悪びれた様子はない。

「この国はアイルさんの力への理解が薄い。それは一番の味方でなければならないあなたも同様です。このままグジナウ国へ行けば、アイルさんは帰してもらえません」

「わ、私は帰ります!」

ゼスがいる。家族も、お世話になった人々もこちらにいる。

「アイルさんが義理堅いことはよくわかっています。それはグジナウ国の方々にも伝わっているでしょう。そして、そういうものでアイルさんを逃げられなくする。アイルさんを愛しているという方々もきっと多く現れる」

「そんなもの!」

「その愛が本当か嘘《うそ》かは問題ではありません。アイルさんに信じさせてしまえば問題はない。さあ、離れている貴方はどうしますか? 何もできないでしょう?」

ゼスが難しい顔で黙り込む。

ウェインに言われた可能性を考えているのだ。

「あの、ゼス」

アイルはそっとゼスの腕を取る。

「ん？」

「私はゼスがいいのです」

振り返ったゼスにぎゅっとしがみついた。

「誰かと結婚などしたくありません。私はゼスのものになりたい」

「……」

ゼスが棒立ちになっているのがわかった。いきなりの言葉で呆《あき》れてしまったのかと顔をあげる。

「ゼス？」

「おい、腹黒神官。聞いたな？」

くるりと首だけを後ろに向けたゼスがウェインに声をかけるとウェインはなぜか肩を揺らせて笑い始める。

「もしアイルの意志が尊重されなければ、俺は剣を持って迎えに行く」

それは昨夜の馬車でも言っていた。あの時だけの甘い言葉ではなく、本気なのだ。

「アイルも、アイルの自由も俺が守る。お前など必要ない」

ずいぶんな言葉をぶつけているのに、ウェインの笑いは止まらない。

「はいはい。席を外しますよ。ふたりで話し合ってください」

そのまま部屋を出ていくウェインを見守って、アイルはゼスの顔を覗き込んだ。

「え？」

その顔を見て驚く。ゼスの顔が真っ赤に染まっていた。耳まで赤い。アイルまで照れて赤くなる。

「アイル」

「は、はいっ」

「俺もアイルがいい。アイルは俺のものだ。だが、同時に俺もアイルのものだ」

ゼスが、自分のもの……。胸がざわざわする。これはきっと独占欲だ。

「嬉しい」

自然に顔がほころんだ。

「うわっ！」

ふわりと、体が浮いた。ゼスがアイルを抱えあげたのだ。心もとなくて、しがみつくと距離が近くて。

「うわああっ！」

今度は、寝台の上に放り投げられて悲鳴をあげる。すぐあとにゼスが覆いかぶさってきて、また近い距離にごくりと息をのむ。

「アイル。我慢しろというなら、我慢する。お前が許せるのはどこまでだ？」

大きな手がアイルの顎《あご》のラインをなぞっていく。

許せるのは、どこまで？

そんなのは決まっている。

「ゼ、ゼスに許せないことなんてありません」

「……！」

ゼスが驚いた顔をしているのが意外だった。

昨日はあれだけ強引だったのに。

「ゼス。言っておきますが、私も男です。欲しいものは、欲しい」

昨日の仕返しとばかりに胸倉を摑んで引き寄せる。ぶつかるようなキスは、少し痛かったけれど、ぺろりと舐《な》めると気にならなくなった。

動かないゼスに、少しやりすぎたのかもと不安になる。

もしゼスが積極的なことが嫌いだったら、はっきりと間違えた。もしかしたら、少し嫌がるくらいの方が好きだっただろうか？

「ゼス？」

そっと唇を離すと、ぼんやりしているゼスの顔が目に映る。

「す、すみません。まだ外も明るいですし、こういうことは……うわっ！」

起き上がろうとした体を強く引かれた。寝台に押しつけられ、ゼスの体が上にのしかかる。

「アイル」

「はい？」

「お前は自分が何を言ったか、理解しているか？」

静かな声に、はっきりと頷く。

だって、ずっとゼスに焦がれていた。

「私も欲しいと言いました」

目は逸《そ》らさない。ギラギラと光る視線がアイルを求めてのものだと思うと、嬉しい。

「俺はお前を守れなかった男だ」

守れなかった？

ゼスは来てくれたのにときょとんとする。

「ちゃんと探し出してくれたじゃないですか」

「言い訳になるものか。自分の第三騎士団もろくに動かせなかった」

顔を覗き込むと、眉間《みけん》にぎゅっと皺《しわ》が寄っている。第三騎士団を動かせなかったと言うが、何人も一緒に来てくれている。それのどこに不足があるのかさっぱりわからない。

「次はない。第三騎士団を第一騎士団に負けないものにしよう。誰も第三騎士団を侮れないよう、俺自身も団長として力をつける」

「ゼスはもう強いのに？」

戦争の英雄で、侯爵家の次男で、騎士団の団長だ。アイルから見れば雲の上のような存在だが、さらに力をつけるという。これ以上どうするのか。

「俺は弱い。剣を握れないだけで人生を見失った。英雄だともてはやされるのも苦痛で、ただ無意味に時間が過ぎるのを待っていた」

出会ったばかりのゼスは、無精髭で髪の毛も整えていなかった。どこかぼんやりしていて、摑みどころがなかった。

「アイルに出会って変わった。怪我《けが》が治ったというだけじゃない。アイルがまっすぐに料理に取り組む姿を見ていると前に進めない自分が小さく思えた」

「そんな……！」

ゼスがアイルを高く評価してくれているのは嬉しいが、あまりに高すぎるのではないか？

「あのっ、私はそれほど立派ではありません。今も……昔からずっと目の前のことに必死なだけで！」

ゼスが小さな存在であるはずがない。ゼスにはアイルに見えない景色も見えている。たくさんの人を救い、その分たくさんの荷物を背負ったから疲れていただけだ。

「ゼス、あの……好きです」

もっと色々な言葉があるはずなのに、アイルが返せるのはそれだけだ。慰める言葉も褒《ほ》めたたえる言葉もたくさん言えるけれど、尽きない言葉よりはただまっすぐな気持ちを伝えたかった。

「ずっと恋しかった。貴方のことばかり考えていました」

遠征に行くゼスにたくさん考えてくれと言われたときから、まるで魔法にかかったみたいにゼスのことを考えた。

いや、戻ってきてからもだ。ずっとずっとゼスが頭から離れない。

「ゼスが欲しい」

両手を広げると、大きな体がその中に飛び込んでくる。嚙《か》みつくようなキスに、声をあげる。すぐに口の中にのみ込まれた嬌声《きょうせい》にお互いが舌を絡める音が混じった。

「愛している。アイル。俺はいつでもお前の隣にふさわしい男であると誓う」

止める間もないようなキスの合間に、シャツのボタンが外されていく。自分だけは嫌だと、ゼスの服に手を伸ばせばゼスは服を脱ぎやすいように体を離していく。

それでも、キスは止めたくなくて。

何度も唇を重ねながら、シャツがなくなると今度はどちらともなく隙間《すきま》を埋めるように抱きしめ合った。

肌で感じるゼスの体温が嬉しくて背中に手を回す。ぎゅうと抱きしめ合うのが幸せで、でもまたキスがしたくなって顔を向けると、優しく唇がおりてくる。

「あ……」

ゼスの唇が顎をなぞって、首筋に。くすぐったい感触に体を竦《すく》めると、ズボンに手がかかった。腰を少し浮かせると下着ごと簡単に脱がされて。一糸纏わぬ姿が心もとなくて、もぞもぞと足を動かす。

「アイル」

近づいてきたゼスの首に手を回す。

真っ赤になった顔を見られるのが恥ずかしくて、抱き寄せるとゼスの頭がするりと下にずれた。

「んっ！」

胸の小さな尖《とが》りに唇が触れる。

「ふぁっ」

べろりと伸びた舌が、アイルに見せつけるように尖りを口に含んだ。ちゅくりと湿った音が聞こえて……。ゼスの舌が触れるたびに固くなる。ぞくぞくと背中を走る感覚を何と言っていいのかわからずに身を捩《よじ》る。

「ああっ……」

もう片方の尖りをゼスの大きな手が覆った。

するすると手のひらで転がされて、少し痛い。痛いけれど、それだけではなくて。

「や……っ、あぁっ」

息が苦しくなる。

「やめ……っ、もう……っ」

手のひらが、浮いた。ほっと息をついた瞬間にゼスの唇がそこに移動する。

「こっちも、な?」

再び始まった愛撫《あいぶ》に声が上がる。先ほどまで舐められて、敏感になっていたものをぐっと親指で押されて大きく体が跳ねた。

「あっ……」

浮いた腰にゼスの手が回り、持ち上げられて胸を突き出す格好になってしまう。

何度も吸い上げられ、すっかり赤くなった胸の尖りは息を吹きかけられるだけでも感じてしまうほどだ。

「そこばかり……っ、や……ぁ!」

軽く歯を立てられて、のけ反る首元にゼスの唇が移動する。先ほどまではくすぐったいだけだったはずなのに、今度は違う感覚が走り抜ける。

「ゼ、ゼス」

名前を呼ぶ声は鼻にかかった甘いものだ。

誰の声かもわからないまま、アイルは顔をあげたゼスにキスを求める。

重なった瞬間から深いキス。奥まで入り込んできた舌に声が奪われる。口の中でアイルの舌を搦《から》めとるそれに夢中になっているうちに、ゼスの手が太腿に伸びた。

「……っ！」

内腿に、手が添えられて大きく開かされる。ひんやりと空気を感じたのは一瞬で、すぐにゼスの体がそこに入り込んだ。

お互いの、高ぶったものが触れ合って……。

「んんっ！」

その大きさに、ぞくりとした。

アイルのものも、とっくに硬くはなっていたがゼスのものと比べればまるで大人と子供だ。

ずる、とそれをこすりつけられて頭に熱が上る。

ゼスが感じてくれて嬉しいのと、欲しいという気持ちと……少しだけ、無理ではないかと思う冷静さがぐるぐる頭を回った。

「あああっ！」

唇が離れた瞬間に悲鳴のような声をあげたのは、ゼスがアイルのそれに触れたからだ。

「待って……待ってくださ……っ、いっちゃ……！」

触れられただけなのに、ぐっと硬さを増した。ゆっくり上下にこすられると声は我慢できなくて。

「アイル、可愛《かわい》い」

耳元で囁かれる声にぎゅっと目を閉じる。先端を親指で弄《いじ》りながら他の指が竿《さお》に絡みつくゼスの手は確実にリズムを刻んでアイルを追い詰めていく。

「ああっ！」

逃れようと身を捩っても、ゼスの体に押さえつけられてシーツを掴むのが精一杯だ。

ぷくりと尖ったままだった胸にも指が伸ばされて……。

下腹に熱い息を感じて視線を下げると、ゼスが今にも弾《はじ》けそうなアイルのそれに舌を押し当てるところだった。

「ダ、ダメぇ……っ」

泣きそうな声で懇願するが、アイルのそれはぬるりとした感触に包まれる。

瞬間に、達した。

ゼスが口に含んだ瞬間に、出してしまった。

「ダメって……いいました……」

くたりと力の抜けた体をどうすることもできない。まだ達した余韻の残る体にゼスが手を這《は》わせる。

「悪いな。我慢しなくていいと聞いているから」

「……あっ！」

柔らかくなったそれを再び口に含まれて慌てた。ゼスの頭を掴んでしまうが、ぴくりとも動かない。

「ゼ、ゼス。待って……お願い……っ！」

くたりと力を失っていたそれがゼスの口の中で徐々に勢いを取り戻していく。

今まで自分で触ったことがないとは言わないが、二度も続けて達したことはない。アイルは淡泊な方で、一度達すれば満足できる……はずだった。

「ゼスゥ！」

すっかり立ち上がるまで育てたあと、ゼスはようやく口からそれを外す。ほっとしたのは一瞬で、離れた唇は内腿の柔らかい部分に痕をつけていく。

「あぁっ、あっ！」

体が上へと逃げるたびに引き戻される。大きく開かれた足を閉じる力もなくて、ゼスが触れるたびにそこが感じる場所に変わって。

「アイル、ここに触れるのは俺が初めてか？」

後ろの……、ゼスを受け入れる場所に指が触れた。

ぼんやりした頭のまま頷く。そんなところ、自分でも触れたことはない。

「あっ」

つ、とゼスの指が場所を確かめるように動く。くちゅりと音がしたのは、いつの間にか香油が垂らされていたからだ。

そのすべりを借りて、指の先端がアイルの中へ……。

「んぁっ」

まだほんの入り口。だが、ゼスが少しの痛みも与えないよう、慎重に様子を窺《うかが》ってくれていることが伝わってきてアイルは手を伸ばした。

「ゼス」

近づいてきた頭をしっかり抱きしめる。

体の強張《こわば》りが次第に取れていくと、再び指が奥へと進む。

「アイル、平気か？」

緊張しないよう、耳元で囁いて何度もキスを落とすゼスにアイルも自然に身を任せていく。

ようやく指が一本。根本まで埋まってほうっと息を吐いた。

「へ、平気です」

「じゃあ、がんばろうな？」

にこりと笑ったゼスに、少しだけ顔が引きつった。

がんばる？

そう聞き返そうとした瞬間に、指がぐるりと動いて体がのけ反る。差し出す形になった胸に齧《かじ》り付かれて、アイルはまた声を上げた。

指が二本に増えると、さらに奥まで届くようで怖い。ばらばらに動く指が丁寧に中を解《ほぐ》しながら……、唇やもう片方の手が、アイルの体のあらゆる場所を暴いていく。

三本目だと囁いたのはいつだったか。

もうわからないくらい、頭の中はぐちゃぐちゃで……。ただ、声をあげるしかできなくて。

「アイル」

名前を呼ばれて、ぼんやりゼスの顔を見る。

「挿《い》れるぞ?」

その言葉に、後ろからは指が抜かれていることに気がついた。かわりに大きな太いものがぴたりと当てられていることにも。

「あ……」

掠《かす》れた声にゼスがアイルの顔を覗き込む。

「怖いならやめるか?」

驚いた。

ゼスはまだ一度も達していない。きっと辛《つら》いはずなのに、丁寧にアイルの体を解してくれた。

それなのに、ここにきてそれが聞けるなんて。

「や、やめないで」

ぎゅうとゼスの首元にしがみつく。

「お願いです、ゼスが欲しい」

すり、と押しつけるように腰を動かす。ゼスがごくりと喉を鳴らす音が聞こえた。

膝《ひざ》に手がかけられて大きく足が開かされる。ぐっと押しつけられた先端がゆっくりと押し入ってきたとき、感じたのは痛みではなかった。

「ゼス」

ああ、やっとゼスが手に入る。

夜の厨房で、いつもゼスを待っていた。

それは楽しい時間だったけれど、ひどく曖昧《あいまい》な関係だった。

たとえ好意を感じていても、ゼスが貴族だとはわかっていたし、ゼスが来ないと決めたならそこで終わる関係。

どれだけ楽しくても、恋しいと思っても一歩を踏みだす勇気なんてなかった。

「ゼス」

「アイル……」

慎重に体を進めてくれるゼスがもどかしくて、ぐっと腰を押しつける。

「ゼス、好きです」

ぼうっとした頭では、ゼスの唇がどこにあるのかわからなくてどこでもいいやと一番近い場所にキスをする。それは耳元。だったら少しずらせば頬だと、またキスを落とした。

「アイルっ！」

重なる唇が嬉しくて、自分から舌を絡める。

その間に少しずつ深まる繋《つな》がりに泣きそうになった。

料理をすることが、幸せだった。

料理で人を笑顔にすることが、アイルの一番の目標で……。だが、もうひとつ大切なものができた。

アイルは器用に生きられない。

だから手に入れたこの恋しかもういらない。

他の誰もほしくなくて、ゼスだけいればいい。

「好き、ゼス。好きです」

自分の中に確かにゼスがいることが嬉しくて。

「あんまり、煽《あお》らないでくれ」

ゼスがぐっと眉根を寄せる。だが、この気持ちを伝えたくて仕方ない。

「嫌です。私に夢中になってください」

つ、と背中に回した手を動かす。アイルが慣れるまでと、必死に耐えてくれているゼスの腰に足を絡める。

「ゼス、大好き」

「ああっ、もうっ！」

ゼスが吠《ほ》えた。

がっ、と力強く腰が抱えられる。ずるりと抜けそうになったそれが戻ってきて、ぱんと音を立てる。

空中に放り出されたみたいに、体の感覚がなくなってただ感じるままに嬌声をあげる。

「アイルっ、アイルっ！」

何度も名前を呼んでくれるのが嬉しくて、離れないようしがみつく。揺さぶられる体は確かに悲鳴をあげているけれど、それさえ快感に変わっていく。

ゼスの手が、アイルのものに触れて……、最奥にゼスが放った温《ぬく》もりを感じて。

なんて幸せな時間なのだろうと思いながら、アイルは意識を手放した。


過ぎていく時間は、あっという間だった。

朝日が眩《まぶ》しい、よく晴れた日だ。旅立ちには相応しい天候だが、いっそ雨であってくれてもよかった。そうしたら、もう一日だけゼスと一緒にいられたのに。

神殿で目が覚めてから二日後の朝をアイルは旅立ちの日に決めた。人々を救うと決めた以上はできるだけ早くグジナウ国へ行きたい。

前日は精一杯の料理を皆にふるまい、お世話になった人々への手紙をしたためた。

寂しいと口にしたら負けそうでアイルは精一杯の笑顔を作る。

アイルに用意されたのは豪華な馬車だった。顔が引きつるが、ゼスは簡素な馬車にアイルを乗せる気はないらしい。バルズィもこれくらいはと頷いている。立派すぎて狙《ねら》われないかと心配したが、カサンダ国に入ればグジナウ国の護衛はもっと多くなるので大丈夫だそうだ。

荷物は、この二日で荷馬車が必要なほどに増えた。

あれもこれもとゼスが取り寄せたり買い込んだりしたためだ。もちろん、必要ないと断ったが、そのたびに一年間会えないことを持ち出されて折れるよりほかなかった。

「アイル」

ゼスがアイルの体を抱きしめる。

人前で恥ずかしいが、別れの時間はすぐそこだ。

「迫られたら、恋人はシャルゼス・グライアーだと言えよ」

さんざん聞いたが一体、誰がアイルに迫るというのか。

「大丈夫です。私はゼスしか愛せません」

耳元で囁くと、抱きしめる力が強くなる。

「アイルがいない間に第三騎士団を最強にしてみせる」

「あの、それはほどほどで……」

すでに実力面においては最強だが、ゼスが言っているのは違うことだ。今まで軽視されてきた第三騎士団がどう変わっていくのか楽しみだ。

なだめるようにゼスの背中を叩いていると、その向こうに青い長髪の人物が見えた。

「ウェイン様？」

慌ててゼスから離れる。まさか、見送りに来てもらえるとは思っていなかった。

「アイルさん！」

手を振ったウェインの顔が、一瞬だけ引きつった。ゼスが振り返ったときだ。まさか睨みつけていないよなと覗き込むと、不自然に視線を逸らされる。

「すみません、見送りまで残っていただいて」

王都の神殿では仕事も多いはずだ。ここに長い間いられる人ではない。

「いえいえ、見送りではありません」

握手をしようと伸ばした手が止まる。

「私は、グジナウ国の神殿に異動になりました。ついでなので、ご同行させていただくことに」

「ええっ⁉」

声がひっくり返る。

確かにキルリア教はグジナウ国にもある。むしろ、この国より熱心な信者が多い。

「異動だと？」

ゼスの低い声が響く。

「ええ、ですのでアイルさんのことは任せてください。馬車にご一緒させていただいてもよろしいですか？」

うっかり、はいと答えそうになって慌てて口を閉じる。ここで一緒の馬車に乗ると言えば、ゼスに怒られることくらい理解できた。

「神殿長なら自前の馬車くらいあるだろう。こちらで用意するか？」

「もちろん、馬車はありますが道中も長いから暇でしょう。ねえ、アイルさん」

「あ、あのっ！」

ウェインとゼスが睨み合う中に割り込むことは非常に勇気のいることだったが、これだけは言わなくてはいけない。

「わっ、私の恋人はシャルゼス・グライアーです。すみません。他の方と馬車には乗れません！」

顔は真っ赤になったが、これでゼスが安心するなら。

「アイル、やはりお前をひとりでは行かせられない！」

「ええ？」

ゼスを安心させたくて、習ったとおりに言ったのに何がいけなかったのか。

「そんな顔を他の男に晒《さら》すだと？　お前は見るな！」

ぱっと腕の中に捉われて、顔を胸に押し付けられる。周囲の様子は見えないが、騒がしいことだけはわかる。

このままでは馬車が出発するまでに、時間がかかりそうだ。

「ゼス」

「何だ？」

見上げると優しい表情で答えるゼスが愛おしい。

キスをしたいけれど止まらなくなってしまいそうで、かわりにそっと手を繋ぐ。

「私はまだゼスの隣に相応しくありません」

「アイル」

「だけど、待っていてください。きっとたくさんの人に笑顔をもらってきます。ゼスの隣に並ぶのに胸を張れるようになって戻ってきます」

ゼスの左手をゆっくり持ち上げる。そこにいつかと、薬指に唇を落としたのは願いだ。

きっと、いつか。

アイルはできるだけの笑顔を浮かべて、馬車に乗り込んだ。

あとがき

『騎士団長のお抱え料理人』を手に取っていただき、ありがとうございます。稲月《いなつき》しんと申します。

キャラ文庫様では三冊目の本となりました。

主人公は王都に料理の修業に来ているアイル。決して楽な仕事ではありませんが、夜中まで料理の練習をしている真面目な人です。そこに怪しい男が訪ねてきて……。夜の厨房でゆっくりと始まっていく恋でしたが、アイルにある力があったことから物語は大きく動いていきます。

怪しい男のゼスですが、能力は高いのに色々とこじらせていまして少し面倒な人です。まっすぐなアイルとは物事に対する考え方がまったく違う人なので、そのあたりのすれ違いなどは大きいかなと思います。

でも想いは一直線なので大丈夫かな。

ふたりの恋を楽しんでいただければ幸いです。

最近は時間をみつけてはひとりで美術館や観劇に行くことが多くなりました。

ひとり、楽しいですよ。特に美術館は自分のペースでのんびり見られるのがいいですね。複数人だと計画立てないといけませんが、そのあたり自由なので時間が余ればそのあたりで何かないかなと検索してさらにふらふらしてみたり。

　わりと前の話になりますが、そのふらふらの途中で「五鉄」の跡地を見つけて大興奮しました。五鉄はとある時代小説に出てくる架空の料理屋なのですが、跡地らしき場所に看板が立っています。もう一度言いますが小説に出てくる架空の料理屋です。跡地の看板ってすごくないですか？


　本を書かせていただくようになり、この作品で十一冊目となりました。

　デビュー前は十冊出せることが出来ればいいなあと安易に考えておりましたが、本当に私ひとりの力ではとうていかなわないことだったと思います。

　こうして読んでいただくみなさま、助けてくださる編集部の方、素敵なイラストを提供してくださる先生方あってのことです。

　今回も夏乃《かの》あゆみ先生にとても素敵なイラストを描いていただきました。イラストがあることでぐっと世界観が広がる気がします。絵を描かれる方の力は本当にすごいと思います。

　この作品をまた一冊目として頑張っていきますのでよろしく願いします。ありがとうございました。

稲月しん

この本を読んでのご意見、ご感想を編集部までお寄せください。

《あて先》〒141-8202　東京都品川区上大崎3-1-1　徳間書店　キャラ編集部気付
「騎士団長のお抱え料理人」係

【読者アンケートフォーム】

QRコードより作品の感想・アンケートをお送り頂けます。

Ｃｈａｒａ公式サイト http://www.chara-info.net/

■初出一覧
騎士団長のお抱え料理人……書き下ろし

Chara

騎士団長のお抱え料理人

……【キャラ文庫】

2024年7月31日　初刷

著者　稲月しん

発行者　松下俊也
発行所　株式会社徳間書店
〒141-8202　東京都品川区上大崎 3-1-1
電話 049-293-5521（販売部）
03-5403-4348（編集部）
振替 00140-0-44392

印刷・製本　TOPPANクロレ株式会社
カバー・口絵　近代美術株式会社
デザイン　百足屋ユウコ+タドコロユイ（ムシカゴグラフィクス）

ISBN978-4-19-901139-9

稲月しんの本

稲月しん
うさぎ王子の耳に関する懸案事項
イラスト◆小椋ムク
ウサギの耳が突然生えたところで、
貴方の愛らしさは変わりませんよ？
キャラ文庫

好評発売中

「うさぎ王子の耳に関する懸案事項」

イラスト✦小椋ムク

扉の向こうの囁き、回廊に響く遠くの足音――どんな微かな物音も拾う、うさぎの耳が生えてしまった!! 衝撃の変化に動揺する王子フェインの元に駆け付けたのは、長年想いを寄せる若き子爵アルベルだ。「些細な変化でも一番に私に知らせて下さい」獣性の能力が開花すれば、次期宰相候補のアルベルの隣に立てるかもしれない――病弱で、王宮の小さな世界しか知らなかった第三王子の飛躍の軌跡!!

投稿小説 大募集

『楽しい』『感動的な』『心に残る』『新しい』小説——
みなさんが本当に読みたいと思っているのは、
どんな物語ですか？
みずみずしい感覚の小説をお待ちしています！

応募のきまり

応募資格

商業誌に未発表のオリジナル作品であれば、制限はありません。他社でデビューしている方でもOKです。

枚数／書式

20字×20行で50～300枚程度。手書きは不可です。原稿は全て縦書きにしてください。また、800字前後の粗筋紹介をつけてください。

注意

❶原稿はクリップなどで右上を綴じ、各ページに通し番号を入れてください。また、次の事柄を1枚目に明記して下さい。
（作品タイトル、総枚数、投稿日、ペンネーム、本名、住所、電話番号、職業・学校名、年齢、投稿・受賞歴）
❷原稿は返却しませんので、必要な方はコピーをとってください。
❸締め切りは特別に定めません。採用の方にのみ、原稿到着から3ヶ月以内に編集部から連絡させていただきます。また、有望な方には編集部からの講評をお送りします。（返信用切手は不要です）
❹選考についての電話でのお問い合わせは受け付けできませんので、ご遠慮ください。
❺ご記入いただいた個人情報は、当企画の目的以外での利用はいたしません。

あて先

〒141-8202　東京都品川区上大崎3-1-1
徳間書店　Chara編集部　投稿小説係

投稿イラスト 大募集

キャラ文庫を読んでイメージが浮かんだシーンを、
イラストにしてお送り下さい。
キャラ文庫、『Chara』『Chara Selection』『小説Chara』などで
活躍してみませんか？

応募のきまり

応募資格

応募資格はいっさい問いません。マンガ家＆イラストレーターとしてデビューしている方でもOKです。

枚数／内容

❶イラストの対象となる小説は『キャラ文庫』及び『Chara、Chara Selection、小説Charaにこれまで掲載された小説』に限ります。
❷カラーイラスト1点、モノクロイラスト3点の合計4点をお送りください。カラーは作品全体のイメージを、モノクロは背景やキャラクターの動きのわかるシーンを選ぶこと(裏にそのシーンのページ数を明記)。
❸用紙サイズはA4以内。使用画材は自由。データ原稿の際は、プリントアウトしたものをお送りください。

注意

❶カラーイラストの裏に、次の内容を明記してください。
(小説タイトル、投稿日、ペンネーム、本名、住所、電話番号、職業・学校名、年齢、投稿・受賞歴、返却の要・不要)
❷原稿返却希望の方は、切手を貼った返却用封筒を同封してください。封筒のない原稿は編集部で処分します。返却は応募から1ヶ月前後。
❸締め切りは特別に定めません。採用の方にのみ、編集部から連絡させていただきます。また、有望な方には編集部から講評をお送りします。選考結果の電話でのお問い合わせはご遠慮ください。
❹ご記入いただいた個人情報は、当企画の目的以外での利用はいたしません。

あて先

〒141-8202 東京都品川区上大崎3-1-1
徳間書店 Chara編集部 投稿イラスト係